사춘기
맞짱
뜨기

노경실의 청소년 에세이

사춘기 밑짱 뜨기

노경실 글 | 조성흠 그림

바다출판사

세상의 광장 밖에서
방황하는 그대들을 위하여

따분하게 하루의 순간들을 흘려보내면서

넌 아무렇게나 시간을 낭비하고 있지.

이곳저곳을 돌아다니며

길을 보여 줄 누군가를, 무언가를 기다리면서

햇볕을 쬐며 앉아 있기도, 집에 처박혀 비 구경하기도 지쳤어.

너는 젊고, 인생은 길고, 오늘 죽일 시간이 있지.

그러던 어느 날 문득 10년이 흘러간 거야.

네가 달려야 할 때를 누구도 알려 주지 않아. 넌 출발 신호를 놓쳤어.

그래서 해를 잡으러 달리고 또 달리지. 하지만 해는 떨어지고

한 바퀴 돌아서 네 뒤에 다시 나타나거든.

해는 그대로인데 넌 조금 더 늙었어.

숨은 짧아지고 죽음에 하루 더 가까워진 거야.

일 년, 또 일 년, 세월은 빨리 가고 시간은 찾을 수 없어.

계획은 아무것도 이뤄진 게 없고,

노트 반 페이지에 끼적거린 낙서일 뿐

조용히 절망 속에서 버티기. '영국식'이지.

시간이 다 되었어, 노래는 끝났고,

할 말이 좀 남은 것 같은데…….

위의 노래는 세계적인 록 그룹 '핑크 플로이드'의 〈타임〉입니다.

참 이상하지 않나요? 몇십 년 전의 음악인데 노랫말이

21세기인 요즘 시대를 말하는 듯하지요. 그리고 더 이상한 것은…… '영국식'이라고는 하지만 '완전 진짜 순 한국식' 상황으로 보이지 않나요? 게다가 머나먼 세계 저편의 청소년들이나 극동아시아의 우리 청소년들이나 고민하는 지점이 이리도 같은지요! 왜 그럴까요?

이에 대해 종교인, 철학자, 인문학자, 교육계 인사 그리고 여러 분야의 롤 모델 역할을 하는 유명인들이 저마다 한마디씩 하겠죠. "그건 말입니다……." 하면서요. 물론 우리의 청소년들은 그런 식의 말을 많이 들었고, 오늘도 들었을 테고, 내일도 듣겠지요.

그런데 왜 우리 청소년들의 고민은 멈추지 않고, 거리를 방황하는 발걸음은 늘어나며, 미래의 꿈이나 희망을 스스로 무참히 구겨 버리는 비극은 더욱 짙어지고, 심지어는 생명을 휴지조각처럼 등 뒤로 내던지는 어린 심장들이 자꾸 이어지는지요?

사춘기.

청소년기.

분노와 반항의 덩어리.

세상의 광장으로 들어서는 문 안쪽과 바깥쪽에 한 발씩 걸쳐져 있는 애매한 순간.

눈과 귀와 가슴은 온통 가능함의 세계를 열망하고 있지만, 눈앞에 보이고 귀에 들리고 가슴에 부딪히는 것은 온통 금지와 터부와 억눌린 현실! 그 모순의 지점에 있는······

그런 그대들을 위해 글을 시작합니다. 내 마음속 이야기를 전합니다. 세상과 어른들의 온갖 모순 속에서 상처받는 그대들의 마음을 조금씩 치유해 주고 싶은 바람으로 말입니다. 우리 함께 이 마음콘서트에서 즐겁게 놀아봅시다!

노경실.

차례

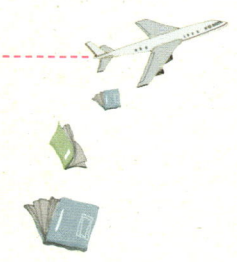

우리 인생의
시청률과 쇠똥알

> **시** 당신은 어떻게 성공을 측정하나요?/ 종종 그리고 많이 웃는 것으로/ 똑똑한 사람들로부터는 존경을/ 아이들로부터는 애정을 얻음으로/ 정직한 비평가들의 평가를 얻고/ 거짓된 친구들의 배신을 참음으로/ 아름다움을 감사함으로/ 다른 사람들에게서 최고를 발견함으로/ 건강한 아이를 통하든지 구원받은 사회의 상태로든지/ 아니면 일을 잘 처리하든지 하여/ 세상을 조금이라도 더 낫게 함으로써/ 당신이 살아 있기 때문에/ 또 다른 하나의 생명이 숨을 쉬고 있다는 것을 앎으로/ 이것이

성공했다는 것이다. 랄프 왈도 에머슨

시청률 경쟁에서 살아남지 못한 예능프로그램이 줄줄이 폐지된다. 개편 칼바람을 맞게 된 프로그램은 〈청춘불패〉, 〈천하무적야구단〉, 〈야행성〉, 〈음악창고〉로 모두 시청률 저조로 허덕이던 프로그램이다. 〈청춘불패〉는 뚜렷한 경쟁자가 없었던 시간대인데도 두 자리 시청률을 유지하지 못하다가 급기야 5%까지 추락하는 굴욕을 당했다. 그리고 〈야행성〉 역시 한 자리 시청률을 기록했다. 이렇게 한꺼번에 많은 프로그램이 폐지되는 이유는 시청률밖에는 없다는 게 방송 관계자들의 전언이다. 맥스무비

MBC 〈뉴스데스크〉는 7.1%의 낮은 시청률을 기록했다. 주말 〈뉴스데스크〉는 지난달 7일, 방송 40년 만에 방송 시간대를 오후 9시에서 오후 8시로 옮기는 모험을 감행한 뒤 아시안게임 중계방송에 따른 파급효과로 한때 시청률이 18.1%까지 치솟기도 했다. 개편 직전 주말인 10월에는 6.3%의 시청률을 기록했으나 시간대 변경 이후 8.1%→9.2%

우리에겐 많은 순간 새로 시작할 기회가 온다. '새해'가 그렇고, 매 달의 '첫날'과 '월요일'이 그렇고, 매일의 '아침'이 그렇다. 오늘이 어제와 다를 게 없고, 내일이라 하여 오늘보다 나으리란 보장도 없지만 '새로 시작함'의 의미를 주는 이런 단어들은 그나마 위안이 된다.

월요일은 어떤가? 매주 맞이하는 월요일.

'도대체 지난 일주일을 어떻게 보낸 거야? 나도 참 한심하다!'

'월요일이구나. 오늘부터 새롭게 마음먹고 공부 열심히 하자! 아자, 아자!'

매달의 첫날은 또 어떻고!

"으으으…… 1월 한 달 동안 너무 놀았어. 이제 2월부터는 정신 차리고 계획적으로 보내자. 파이팅!"

"어? 벌써 10월이 다 갔네? 후유, 오늘이 11월 1일이니 이제부터라도 잘 살자!"

우리는 이때마다 이렇게 다짐한다.

그러다 어영부영, 크리스마스 파자마 파티 한 번 하고, 12월 31일에 종로에서 종소리 몇 번 들은 것 같은데 어느새 1월 1일, 새해가 되었다면?

"한 것 없이 일 년이 휙 가버렸네. 이건 아니야! 새해에는 진짜진짜 후회 없이 살아야지! 정신 바짝 차리고 공부 열심히 하자! 아자, 아자, 파이팅!"

"아⋯⋯ 일 년 동안 뭘 한 거지? 지겹다, 지겹다 하면서도 어느새 바람처럼 지나갔네. 참, 내 자신이 한심해. 이제 새해다. 하루하루를 정말 충실하게 살아야지. 그래서 올해 12월 31일에는 활짝 웃는 내가 되자!"

월요일, 매달 첫날, 그리고 새해의 첫 주간은, 반복적으로 잘못된 습관이나 실수를 저지르고 후회하는 우리에게 새로운 기회의 시간이 된다. 다시 결심하고 자기반성을 할 시간이 된다.

그런데 이게 뭐지? 우리는 시작부터 스트레스를 받는
다. 앞에서 이야기한 텔레비전 프로그램 시청률처럼 학생
은 성적 수치에, 어른들은 저마다 자기 분야에서 실적 수
치에 시달린다. 극심한 압박감과 열등감에 시달리다 때로
는 자포자기하고 마는 혼란 상황으로 서서히 들어선다.

– 몇 점이야?

– 몇 등이야?

– 얼마나 올라갔어?

– 또 떨어졌어?

– 그래, 나는 아무래도 힘들겠어.

– 그럼 그렇지. 네가 뭘 잘하겠니?

이런 압박과 초조감에 결국 학생들은 당장 눈앞에 보
이는 성적 수치로 자신의 미래까지 결정짓는다. 방송으
로 비유하자면 시청률 수치로 프로그램의 존폐를 가르는
셈이다. 잔인하게도 조금 전까지 "꼭꼭 꼬꼬댁" 울어대던

닭의 목을 댕강 자르듯이 비인기 프로그램은 단번에 폐지한다. 반대로 인기 프로그램은 뜨거운 여름철 물컹해진 엿가락 늘이듯이 죽죽 연장해서 방송한다. 이 모두가 시청률 수치에 달려 있다.

지금 못하면 평생 못할 거라며 사정없이 내동댕이치고, 지금 잘하니까 앞으로도 계속 일등할 거라고 꽉꽉 밀어주는 식이다.

도대체 무슨 근거로?

어른들은 말한다.

"가장 합리적이고, 상식적이며, 정직한 '수치'에 근거를 두었다! 그런데 무슨 말이 많으냐?"

"숫자가 증거야. 숫자가 아니면 뭘로 너희들 순위를 정할 수 있겠냐? 인간은 태어나기 전부터 숫자로 제 계급이 결정되는 거야. 그래서 개천에서 용 안 나고, 가난한 동네에서 골프여왕 나올 수 없는 거라고!"

정녕 그러하던가?

여기 어느 부부의 난자와 정자가 신나게 만나고 있다

고 가정해 보자. 이제 한 생명이 막 잉태되는 상황이다. 그런데 새 생명은 바로 이 순간부터 운명이 결정된다. 부모의 소득 수준이 우리나라의 상위 10%에 속하며, 가구 월 평균 소득이 천만 원을 넘는 형편이냐, 아니냐에 따라 즉 이런 수치에 따라 앞날이 제멋대로 결정된다.

드디어 그 잉태된 생명이 세상에 얼굴을 내밀었다. 상위 20%의 계층이 국민 전체 소비의 80%를 차지하는 사회에서 그 아기는 귀족 마케팅의 일원이 되느냐, 마느냐에 따라 삶의 질이 달라진다. 그러다가 아이가 어리바리 초등학생이 되면서 새로운 수치 놀음에 휩싸인다.

부모의 소득을 5단계로 나누었을 때에 소득이 가장 적은 부모의 자녀가 성적 상위 25%에 들어갈 가능성은, 가장 소득이 많은 부모의 자녀보다 5배 정도나 낮다는 분석이 있다. 이것은 소득 1분위(하위 20%) 가구의 교육비 지출은 6만 5300원이었던데 비해, 5분위(상위 20%) 가구의 교육비 지출은 41만 900원으로 6.3배의 차이에서 오는 거라 할 수도 있다.

아, 머리 아프다.

모르던 바도 아니다. 인터넷 검색만 해도 온갖 종류의 수치 이야기가 홍수처럼 콸콸콸 줄줄 주르륵 쏟아진다.

– 나는 그런 숫자 놀음 따위의 희생자가 되지 않을 거 야! 나는 내 마음대로 살 거야!

– 인생은 결코 숫자 따위로 행불행이 결정되진 않거 든!

호기롭게 외칠 수 있다. 숫자를 운동화 발로 짓뭉개 버 릴 수도 있다. 하지만 학교는, 사회는, 심지어는 집에서까 지 우리를 가만두지 않는다. 당장 우리에게 '점수', 즉 '숫 자'에 대해 다그친다.

"몇 점이야? 올라갔어, 떨어졌어?"

우리의 마음이나 정신이 어디로 올라가고, 어디로 떨 어지는지는 별로 관심이 없다. 마치 집 나간 귀한 자식의 행방을 묻듯이 반복된 질문이 쏟아진다.

"올라갔어, 내려갔어?"

마음 같아서는 이렇게 외치고 싶다.

"그놈이 하늘로 올라갔는지, 땅속으로 내려갔는지, 바

닷물로 떨어졌는지 내가 어떻게 알아요? 이제 다시는 나한테 올라갔니, 내려갔느냐고 묻지 좀 마세요! 제발! 부디! 그렇게 궁금하면 엄마가 직접 찾아봐요!"

어른들은 우리 마음이 어떤지는 아랑곳 않고 오로지 수치에만 관심이 있다. 우리 마음은 때로는 심한 감기 몸살에 걸린 것마냥 몽롱해져 비틀대면서 어지럽다가, 때로는 깊이깊이 잠을 자듯 어디론가 사라지고 싶을 만큼 가슴이 무겁기도 하다. 누구도 내 이름을 부르지 않고, 누구에게도 내 모습을 보여 주고 싶지 않다. 그래도 마음 한편에서는 누군가 나의 이름을 불러 주고, 나에게 손을 내밀고, 네가 보고 싶었다고 말해 주길 바란다.

그러나 들리는 말은 한결같다.

"올라갔니, 떨어졌니?"

어른들은 성적 상위 1프로 아이들은 이미 인생성공 상위 1프로라도 되는 양 온갖 찬사를 보낸다.

"우리 아들(딸) 잘하고 있어! 지금 이대로만 잘 커 주라! 넌 이미 성공한 거나 마찬가지야! 성적이 별로 중요하지 않다는 말은 다 거짓말이야. 대통령도 좋은 대학 안 나오면 무시당하는 세상이잖니? 교수도, 판검사도, 의사도, 학교 선생도 대학 나와야 할 수 있어. 국제적인 사회봉사도 좋은 대학에서 공부해야 할 수 있는 세상이야. 그래서 그 유명한 국제구호개발 일을 하는 여성도 미국까지 가서 공부한다잖아! 그 분야에 좀 더 체계적으로 종사하기 위해서 박사 코스를 밟는다는 거야. 세상이 그래! 공부 필요 없다, 네가 하고 싶은 거 하라고 말하는 사회 지도층 인사들 좀 보라고. 몽땅 좋은 대학 나온 인간들이잖아! 봐라! 연예인들도 서울대학 나왔다고 하면 대우가 다르잖아! 엄친아니, 뭐니 하면서 말이야!"

"영어 공부 좀 독하게 해라! 한글 사랑 외치지만 김연아도 박지성도 장동건도 유창하게 영어로 인터뷰한다는 기사가 만날 뉴스에 나오잖아! 무슨 얼어 죽을 한글 사랑! 해외 인터뷰 때 영어 몇 마디만 해도 유창하게 인터뷰했다고 호들갑 떠는 세상이야!"

"너, 예쁜 여자 좋다고 했지? 공부만 잘해 봐. 그럼 줄줄이 온다, 줄줄이! 아무 걱정 마라! 나도 학교 다닐 때 조금만 더 공부 잘했다면 지금쯤 너희 엄마보다 훨씬 예쁜 여자랑, 하하하…… 농담이다, 농담! 엄마한테 비밀이다! 알았지? 이건 사나이끼리의 비밀이야!"

마침내는 아이들을 조소하는 듯한 개그 한마당마저 펼쳐진다.

"이 성적이면 얼굴 꽝, 몸매 꽝 여자랑 살겠군. 결국 인생 꽝이지!"

"어이구야, 이게 성적이야? 네 키랑 몸무게 합한 것보다도 적은 점수네! 앞으로 펼쳐질 네 인생도 알 만하다!"

"성적이 얼마나 소중한지 그렇게도 모르겠냐? 어른 돼서 피눈물 흘려 봐야 깨닫겠냐?"

그러나 어른들이 놓치고 있는 중요한 것들이 있다.

성적 공포와 스트레스 때문에 아이들의 심장이 얼마만큼 말라가고 있는지,

어른들이 저지르는 갖가지 죄악으로 아이들의 가슴이 얼마나 많은 눈물을 흘리는지,

미래에 대한 불안감으로 아이들의 발걸음이 얼마나 무거워지고 있는지,

왜 그것들은 숫자로 말하지 않는가? 왜 그것들은 정확한 수치로 밝히지 않는가?

시간은 흐르고 흐른다. 성적은 제자리인데 시간은 나를 비웃듯 자꾸 앞으로만 간다. 분명히 어제 아침에 '이제부터 잘 하자!'라고 스스로 다짐했는데, 오늘 아침에 또 '내가 왜 이러지?' 하며 후회하고 있다. 지난주와 지난달과 지난해와 다를 게 없다. 내일이라 하여, 다음 달이라 하여 우리의 목을 죄이는 수치 이야기는 사라지지 않을 거다. 어쩌면 더욱 숨 막히는 수치와 숫자의 공격을 받을지 모른다.

그럼 어떡해야 우리 마음이 덜 상처 입고, 덜 서글퍼질까? 대학 안 가면 되고, 판검사나 교수 안 되면 되고, 예쁜 여자랑 연애 안 하면 되고, 외제 차 안 타면 되고, 스키장 안 가고 골프장 안 가면 될까?

사실 정답은 없다. 그래도 우리는 인생의 힘찬 걸음을 도중에서 멈춰서는 안 된다. 그저 걸어가면서 생각해 보자. 우선 아주 작고 소박한 실천이지만 '자기 마음을 괴롭

히지 않고, 나를 사랑하는 이들의 마음도 슬프게 하지 않게 사는 것'부터 출발할 수 있다. 그리고 스스로에게 의미 있는 숫자, 스스로에게 의미 있는 목표를 찾자. 공부는 못해도 '올해 안에 책 50권 읽기', '돼지 저금통에 10만 원 이상 모아서 갖고 싶었던 것 사기', '부모님을 위해 하루 한 가지 집안일 돕기' 등등 의미 있는 숫자를 찾고, 거기서 일등을 하면 어떨까?

이렇게 자기만의 삶의 행보를 정하는 것을 '삶철학'이라고 한다. 삶철학 역시 무엇이 우위이며 어떤 것이 지존이며 누구의 것이 최선은 절대 아니다. 저마다 자기 삶의 눈물, 웃음, 고통, 즐거움, 실패와 성취가 하나로 둥글어지고 단단해지고 다시 둥글어지고 단단해진다. 마치 쇠똥구리의 쇠똥알처럼!

여학생과 남학생은
영원한 경쟁자?

뉴스1 남학생들은 남자 학교에서 공부해야 더 좋은 성적을

낼 수 있다? … 뉴질랜드 연구팀은 학생 900명의 발달 과정을

장기간에 걸쳐 연구한 결과 남녀공학이나 남자 학교, 또는 여

자 학교 사이에는 학생을 다루는 방법·조직·규율에 이르기까

지 다른 요소들이 아주 많으며, 어떤 학교에 다니느냐에 따라

남학생과 여학생 사이에 성적 차이가 난다고 했다. 남학생들은

남자 학교에 다닐 때, 여학생들은 남녀공학에 다닐 때 더 좋은

성적을 거두는 것으로 나타났다고 했다. 그 이유에 대해서는

더 많은 연구가 필요하다고 한다. 연합뉴스

뉴스 2 '그룹 스터디'가 남학생보다 여학생들에게 더 적합한 공부법? … 중학생들을 대상으로 '기질·성격·지능, 성적 관계에서의 성차'에 대해 조사한 결과, 여학생은 '사회적 민감성' 항목에서 높은 점수로 혼자 공부하는 것보다 또래 집단간 연대감을 강화하면 학습에 도움이 됐다. 남학생은 '자율성' 항목은 높게, '연대감' 항목은 낮게 나와서 남학생은 자기주도적인 방법으로 공부하면 효과적이란다. 남녀 성격 및 기질 차이를 인정하고 학습전략을 세우면 효과적인 성적 향상을 기대할 수 있다는 말이다. 한국일보

유머 남자는 여자에게 보여 주기 위해 옷을 입고, 여자는 자신의 만족을 위해서 옷을 입는다.

남자친구들은 여자가 생기면 친구를 하나 얻는 것이고, 여자친구들은 남자가 생기면 친구를 하나 잃는 것이다.

남자가 많은 곳에서 여자는 '여왕'이 되고,

여자가 많은 곳에서 남자는 '왕따'가 된다.

남자에게 여자는 필수이고,

여자에게 남자는 선택사항이다.

남자는 대부분 자기가 미남인 줄 알고,

여자는 대부분 자기가 뚱뚱한 줄 안다.

남자의 승리는 힘에서 나오고

여자의 승리는 눈물에서 나온다.

남자는 대부분 자기가 여자친구에게 잘 해준다고 생각하고,

여자는 대부분 자기가 그 남자의 유일한 여자인 줄 안다.

"아들!"

아마 대한민국의 남자아이들은 자기 이름보다 '아들'이라고 불리는 경우가 더 많을 게다. 만약 방과 후, 누군가 학교 앞에서 허공에 대고 "아들!" 하고 소리치면 거의 대부분의 남학생들이 '응? 우리 엄만가?' '뭐야, 엄마가 왜 왔지?' 하고 두리번거릴 것이다.

그만큼 우리 어머니들은 '아들'을 아들이라서 사랑하고, 자랑스러워하고, 희망찬 눈으로 바라보았다. 그런데 어느 때부터인가 그 아들을 부르는 톤이 달라지고 있다. 예전의 "아들!" 하던 목소리가 당당함과 흐뭇함이었다면 요즈음은 조심스러움과 안타까움이 묻어난다.

그 결정적 증거(?)는 학기 초에 드러난다. 초등학교를 졸업하고 중학교 배정을 받을 때면 엄마들은 마음의 전쟁을 치른다.

"우리 아들은 절대로 남녀공학에 가면 안 되는데! 여학생들한테 치일 거예요. 요즘은 전교 1등부터 30등까지 남학생은 다섯 명도 안 된대요."

"남자애들이 야무진 여자애들보다 경쟁력이 떨어지거

든요. 내년에 중학생이 되는 우리 아들도 걱정이에요. 아예 이사를 해서 남자 중학교에 들어가게 할 거예요."

"말도 마세요. 우리 아들은 초등학교 다닐 때 전교 회장 해보고는 중학교부터는 꿈도 못 꿨어요. 내가 인생 선배로써 말하는데, 여자애들은 당할 수가 없어요. 그거 알아요? 우리나라 중학교 1학년부터 3학년까지 여자 회장이 70퍼센트가 넘는대요."

어머니들도 여자이면서 여자애들 때문에 이마에, 가슴에 걱정의 골이 팬다. 물론 남학생들도 마음이 편치 않기는 마찬가지!

"여자애들이 무서워요. 자기들은 우리를 막 때리면서, 우리가 손만 대도 폭력 행사한다, 성추행이다 하면서 얼마나 난리인데요. 우리는 노예생활 한다니까요. 저번에는 여자애들이 남자애 하나를 화장실로 끌고 가서 발로 고추를 찼대요."

"그런데 어른들이 더 문제예요. 남자애가 여자애를 때리면 죽일 듯이 혼내면서도, 여자애들이 남자애를 때렸다고 하면 웃어요. 잘했다고 하기도 해요. 또 '어떻게 혼내 줬는데?' 하고 물어보기도 해요. 여자애들이 남자애를 때렸다고 하면 이유도 묻지 않아요. 백 프로 남자애가 잘못했을 걸로 단정 짓죠."

"여자애들마다 자기는 노예가 몇 명 있다고 하면서 자랑해요. 그래서 어떤 여자애들은 남자애들을 노예로 삼으려고 별별 수단을 다 써요! 여자애들이 공부도 잘하고, 힘도 세서 무서워요! 무서워!"

이때 어디선가 통쾌한 웃음소리가 들려온다. 학교 운영위원을 맡고 있는 미미 엄마, 김끝순 여사의 웃음소리다.

"그거 참 시원통쾌한 현상이네요. 이제 세상은 바뀌었지요. 내 이름이 왜 김끝순이겠어요? 우리 엄마가 딸만 낳으니까 지겨워서 딸은 그만 낳으라고 끝순이라고 지은 거지요. 그만큼 내 세대만 해도 여자는 사람대접 못 받았어요. 우리 집에서 소를 키웠는데 암송아지가 태어나면 어른들이 너무너무 좋아했지요. 그런데 엄마가 여자아이를 낳으면 온 집안이 울음바다였어요. 하지만 이제 세상은 바뀌었어요. 나는 우리 딸을 위해서라면, 못할 일이 없어요. 이건 단순한 자식 사랑이 아니라 여성 인권 신장을 위한 일이지요. 아니, 그런 차원을 넘어서 남녀평등사회를 위한 즐거운 봉사이지요!"

그렇다.

요즈음 여성 파워는 점점 커지고 있다. 사법, 행정 등 국가고시에서 여성의 합격률이 높아지고, 여성이 수석을 차지하는 경우도 많다. 공무원 임용고시에서도 여성 파워는 공무원 전체의 30퍼센트를 넘는다고 한다. 이뿐인가. 우주비행, 군대의 장교, 첨단과학 분야, 고도의 기술과 체력을 요하는 건축 분야와 각종 건설 현장, IT 분야 등등 금녀의 구역처럼 여기던 분야에도 여성들이 활발하게 진출하고 있다.

이렇다 보니 아들을 둔 어머니들은 여자애들 무서워서 문과 보내기가 꺼려진다고 한다. 문과는 애초에 여학생들이 잘하는 분야라 남학생들의 대학 진학엔 불리하다는 얘기이다. 그나마 수학, 과학에 약한 여학생들이 이과대신 문과 쪽으로 지원해 약진이 두드러지니까 말이다. 남자들은 이과에서 버티는 것이 살길이라는 말도 한다. 더구나 여자대학이 있어서 여학생 합격률이 더 높다며 남자 전용(?) 대학도 만들어야 형평성이 맞지 않느냐는 주장이 나올 정도다.

이번에는 용화 어머니가 말했다.

"똑같이 사춘기를 보내도 여자애들은 남자애들보다 성적(sex) 고민과 갈등이 거의 없잖아요. 그래서인지 여자애들 성적이 훨씬 좋아요. 당연히 남자애들이 불리한 운명이죠. 그리고 여자애들은 남자애들보다 자기관리를 잘하거든요. 그래서 남자애들은 몇십 배 더 노력해야 겨우 따라간다니까요."

재용이 어머니도 한마디 거든다.

"용화 엄마, 우리 조금만 참읍시다. 고등학생이 되면 여자애들의 수학이나 과학 점수가 낮아진대요. 그러면 우리 아들들 성적이 더 올라갈 거예요."

그러면서 두 어머니는 서로를 보고 웃었다. '우리가 왜 이러고 살아야 하나?' 싶어서였다. 그래도 마음 한 구석에는 아들 둔 죄인(?)처럼 걱정이 사라지지 않았다.

- 초등학교 때에는 여자애들한테 꼬집히고 맞거나 눈치로 치이고,
- 중·고등학교 때에는 공부와 시험 성적으로 치이고,
- 대학이나 직장에서는 사회생활 대처법, 즉 처세술로 치이고,
- 연애할 때에는 이벤트에 치이고,
- 결혼해서는 남녀평등사회라는 명분 아래 생활에 치이고,
- 노인이 되어서는 할머니 눈치와 구박에 다시 치이고……

아이고, 우리 아들, 불쌍해서 어쩌나!

그렇다면 다시 이야기를 처음으로 되돌려 보자. 남자와 여자, 아니 여기서는 사춘기 시절의 여학생과 남학생의 관계를 생각해 보자. 여학생들은 남자아이들을 '또래 친구'로 생각하지 않는다.

"남자애들은 너무 어려요. 생각하는 게 유치하고, 저질이에요."

"초등학교 4학년인 우리 남동생이랑 수준이 비슷해요. 말하는 것, 노는 것, 옷 입는 것 등등 우리랑 너무 달라요. 갯과, 고양잇과처럼 여자과, 남자과로 원래 종류가 다른 인간이 아닌가 하는 생각까지 든다니까요."

"남자애들이 지금 시대가 어떤 시대인지 모른다는 데 문제가 있어요. 그래서 원시시대나 조선시대 때 남자들의 사회적 지위를 생각하고 까부는 애들도 있다니까요! 한마디로 '남자는 하늘이다!'라는 식이지요."

중학생이 되면 화장품 하나 정도는 기본으로 갖고 다니는 여학생들이라 그런지, 아가씨나 아주머니들처럼 깔깔 웃으며 때로는 인상을 쓰며 거침없이 말한다.

남자애들도 마음이 편하지 않다.

"아…… 이제 우린 여자들의 노예로 살아야 하나? 남자로서 호강하며 살던 시대는 조선시대까지가 끝이었어!"

"대한민국에서만 남자라는 종족 자체가 완전 퇴화되거나 루저 집단이 되는 건 아닐까? 남자가 대접받고 사는 다른 나라로 이민이라도 가야 할까?"라고 한탄한다.

그러나 여자들도 할 말이 많다고 한다.

"남자들아, 우리 여자들의 피눈물 나는 과거를 아는가?"

한마디로, '소는 누가 키우는가?'라던 문제이기도 하다. 이런 갈등이 깊어서인지, 남녀 문제를 소재로 삼는 개그 프로는 계속 이어지고, 인기도 높다. 그것은 여성의 사회적 위치가 많이 향상된 듯 보이지만, 아직도 풀어 갈 '엉킨 실뭉치'가 곳곳에 숨어 있다는 반증이다.

"기업의 신규 직원 채용에서도 여성들의 자리는 아직 좁다. 자의든 타의든 여성들의 사회생활 지속 기간이 짧은 것이 이유라는 의견이다. 세상의 중심이 여자로 바뀌어 가지만, 사회 활동 면에서는 한계를 드러내는 우먼파워일 뿐이다."라고들 말한다.

한편 남학생들의 불편한 속내를 들어 보자.

"어휴…… (일부러 몸을 떠는 시늉을 하면서) 여자라는 말만 들어도 무서버요('무서워요'를 일부러 이렇게 표현하는 거다). 여자애들은 깡패 아니면 그냥 사람, 이렇게 두 종류만 존재하는 것 같아요. 내 소원은요, 여자애들이 욕 안

하고 때리지 않는 거예요."

그러자 다른 남학생이 말한다.

"이것 좀 보세요(옷소매를 걷어 올리고, 바지도 후다닥 올린다). 여기, 여기, 그리고 여기! 이게 여자애들한테 맞아서 생긴 거예요. 내가 무슨 큰 잘못을 했냐고요? 아니요. 그냥 아무 이유도 모른 채 맞았어요. 교실폭력이 뭐 별 건가요. 여자애들은 발로 차고, 꼬집으면서도 우리가 아프다고 하면 놀려요. 우린 짐승남이 아니라고요. 그래서 여자애들이 원하는 짐승남처럼 굴면 이번에는 훈남이나 따도남이 아니라면서 놀린다니까요. 도대체 우리 보고 어떡하라는 건지 모르겠어요."

세 번째 남학생은 얼핏 눈물까지 보인다.

"그렇다고 이런 걸 선생님이나 부모님한테 말하면 '얼마나 못났으면 여자애들한테 맞고 다녀?'라면서 혼내요. 어릴 때는 친구들한테 맞고 들어오면 '누가 우리 귀한 아들을 때렸어?'라면서 집까지 찾아가서 그 애를 잡다시피 하면서 혼내 주고, 그 애 부모님이랑도 대판 싸웠는데! 그때가 좋았죠. 이제는 호소할 곳도 없어요. 우리만 바보가 되니까요. 여자애들한테 욕먹고 매 맞고, 어른들한테 바보 소리나 듣고…… 이렇게 우리는 몸과 마음이 차별 받고 골병들고 있다니까요!"

그때 네 번째 남학생이 일어난다.

"그런 건 문제도 아니에요. 우리가 모르고 여자애들 몸을 만지거나 스치면 '성추행! 성폭력!' 하면서 호들갑을 떨어요. 그래 놓고는 여자애들은 마음대로 우리 몸을 만져요. 또 배가 조금 나오면 '복근도 없는 주제에!'라고 비하해요. 키 작은 애한테는 '루저가 어딜!' 하면서 놀리고요. 그리고 '너희들이 공부 열심히 하고, 좋은 회사 들어가고, 멋진 몸 만드는 이유는 우리 여자를 위해서 준비하는 거잖아. 그러니까 남자애들은 여자들의 노예이자 미래의 종합종신생명보험이야!'라고 말한다니까요!"

이야기를 하다 보니 남학생들의 하소연이 더 길어졌다. 그것은 현실의 그림을 그대로 보여 준다. 심지어는 공부 문제로도 서로를 비하한다.

"여자애들, 너희는 수학은 포기해라! 아무리 발버둥 쳐도 우리보다 수학 분야를 잘하긴 어렵거든. 왜냐고? 뇌 구조 때문이야. 남자는 공간능력을 좌우하는 우뇌가 좌 뇌보다 발달했대. 그래서 수학 능력에 중요한 '뇌량'이라 는 신경다발이 발달했지. 덕분에 남자의 뇌량이 가늘어 수학 문제를 풀 때 우뇌에 더 집중할 수 있거든!"

과학적 근거이니 맞는 말일 수도 있다. 그러나 성적보 다 더 힘 있는(?) '사람의 마음을 움직이는 능력'은—역시 과학적으로 풀면—여자에게 있다고도 할 수 있다. 여자아 이의 뇌가 가장 먼저 요구하는 일은 '얼굴을 살피는 것'으 로 표정만으로도 부모와 긴밀한 유대를 즐길 수 있다. 또 한 감정적 표현에 관심이 많으며, 자신에 대한 사람들의 반응을 토대로 자신이 사랑받을 만한 소중한 존재인지 성 가신 존재인지를 알아챈다고 한다. 여자아이는 남자아이 보다 성숙한 뇌를 가지고 태어나며 언어능력, 사회성과 감정이입, 사물 사이의 유사점을 찾아내는 데 뛰어나며 청각과 후각이 더 예민하다고 학자들은 말한다.

여학생과 남학생의 갈등, 서로에 대한 편견은 대학생 정도 되면 자연스레 사라진다. 그렇다고 그때까지 무작

정 남녀의 충돌을 보고만 있을 수는 없지 않은가? 유독 사춘기 시절의 여자와 남자는 서로를 인정하기 힘들어한다. 서로의 단점, 부족한 점을 들어 비난하고 얕잡아 본다. 부모들은 이 모든 원인은 치열한 '점수 전쟁' 때문이라고 한다. 그렇다면 이 모든 성적과 점수의 과정을 거치고 나면 여자와 남자는 진전한 평화 관계로 들어갈까?

결국은 남녀가 만나 사랑을 하고, 한 가정을 이루며, 그네들의 아기를 낳고 인생 후반부를 서로 의지하며 살아간다. 결국은 내가 비난한 그 남자, 그 여자가 내 사랑이 되고, 나 대신 군인이 되어 나라를 지켜 준다. 여자만이 할 수 있는 일들을 해서 나를 행복하게 해주고, 또 나의 직장동료가 된다. 나의 노년의 벗이 되기도 한다.

서로의 단점을 알게 되면 '그래서 이런 것을 잘 못하는구나.' 하며 이해하고, 먼저 손을 내밀어 도와준다. 서로의 장점을 발견하면 '나보다 이 점이 낫구나.' 하며 먼저 손을 내밀어 힘을 얻는다. 그리하여 서로에게 힘을 주고받는 성숙한 인격체가 되자고 말하면 아직 사춘기인 우리들에게는 너무 먼 이야기일까?

하긴 그럴 수도 있겠다. 사람의 뇌는 신생아, 10살 전후, 그리고 스무 살 정도, 이렇게 3단계를 거쳐 발달하여 완성된다. 즉, 스무 살 무렵에 뇌가 완전히 성숙해지니 말이다.

그래도 우리 여학생, 남학생들이여! 오늘도 조금만 서로를 이해하고, 서로를 다정하게 바라보자. 우리는 서로에게 적이 아니다. 치열한 입시 전쟁터를 지나고 나면 끝국은 모두가 '인생 여행자', '삶의 벗', '유일무이한 내 사랑의 짝'이 될 터이니!

나는 오늘도
'영어제국'의 시민권을 꿈꾼다?

뉴스 1　세계적 인기를 구가하고 있는 원더걸스의 놀라운 영어 실력이 화제가 되고 있으나, 유창한 원어민 영어 실력으로 '가장 헐리웃 배우와 어울리는 스타'에서 원더걸스를 제치고 1위를 차지한 스타는 따로 있다. 바로 한예슬이다. 대중들이 비록 가상이긴 하지만 한예슬 씨를 할리우드 스타와 결혼을 해도 잘살 것 같은 배우로 선정한 것은 우선 유창한 영어 실력과 국제적인 감각을 갖고 있기 때문인 것 같다고. 민중의소리, ENS

뉴스 2 '피겨 퀸' 김연아가 '글로벌 스타'의 필수 요건인 유창한 영어 실력까지 갖춰 국내 팬들을 놀라게 했다. 김연아는 4대륙 선수권대회에서 금메달을 확정한 뒤 현장 생중계 인터뷰에서 유창한 영어로 말했다. 김연아는 취재 기자의 인터뷰 내용을 제대로 알아듣고 통역 없이 자연스럽게 영어로 대답했다. 이를 지켜본 네티즌들은 "미모에다 스케이팅 실력, 게다가 영어까지 잘하니 신은 역시 불공평하다는 생각이 든다."며 "진정한 엄친딸"이라고 말했다. 또 "보통 운동선수들은 의사소통만 하는 영어에 만족하는데, 김연아는 발음도 좋고 정확한 단어까지 구사해 깜짝 놀랐다."며 "운동에서도 지기 싫어하는 성격인데 저런 성격은 뭐든지 대충하지 않는다."고 평가했다. 한 네티즌은 "김연아를 아름답고 영리하고 성실한 선수라고 평한 인터뷰가 생각났다."며 "도대체 못하는 게 뭐냐?"고 했다. 쿠키스포츠

뉴스 3 박지성 선수는 축구만 성장한 것이 아니었다. 영어 실력도 기대 이상이었다. 호주와의 평가전을 대비한 축구대표팀의 훈련이 진행된 파주 NFC에서 호주 폭스 스포츠TV 취재

진은 박지성에게 인터뷰를 요청했다. 잠시 머뭇거리던 박지성은 이내 당당하게 카메라 앞에 섰다. 그리고 한국인 프리미어리거 1호답게 통역 없이 유창한 영어로 인터뷰에 나섰다. 인터뷰를 마친 뒤 폭스 스포츠TV 취재진은 "영어를 잘한다고 들었지만 기대 이상이다. 박지성의 영어 실력이 매우 뛰어나다."고 엄지손가락을 들어 보였다. 스포츠칸

여기 두 아이가 점심시간에 이야기를 나누고 있다.

"지민아, 나, 죽을까 봐."

"왜? 무슨 일 있어? 너희 엄마랑 아빠 이혼해?"

"그게 아니라…… 영어 때문에. 난 죽어서 미국이나 영국에서 다시 태어나기 전에는 절대 영어를 잘하지 못할 것 같아."

"후유, 난 또 뭐라고! 깜짝 놀랐잖아. 수애야, 너 지금 우리 동네에서 제일 비싼 영어 학원 다니잖아. 그런데 왜 그래?"

"그게 학원 좋다고 될 일이 아닌 것 같아. 내가 얼마나 노력하는데. 하지만 한계야. 난 뇌에 근본적인 문제가 있는 것 같아. 뉴스 보니까 영어 잘하는 뇌는 따로 있대."

"그걸 믿어? 그런 건 영어로 장사하는 사람들이 하는 광고지! 그러지 말고 엄마한테 유학 보내 달라고 해. 그게 죽는 것보단 낫잖아."

"유학? 우리 집이 무슨 재벌이니? 지금 학원 다니는 것만으로도 우리 집은 파산 직전인데. 나도 양심이 있지. 어떻게 유학 소리를 하니? 그리고 나는 유학 같은 거 싫어, 무서워! 너무 외로울 것 같아! 우울증 걸릴 거야!"

"그럼 어떡해? 나도 영어를 잘하진 않지만, 너처럼 심각하게 고민한 적은 없는데…… 갑자기 나도 걱정된다."

"그래서 차라리 죽어서 영어권 나라에서 태어나면 좋지 않을까라고 말한 거야. 다른 과목은 열심히 하면 웬만큼 성적이 오르는데, 영어는 죽어도 안 돼. 결국은 영어 점수 때문에 가고 싶은 대학에 못 갈지 몰라. 절망이다, 절망! 지민아, 절망이 영어로 뭐지?"

"절망? 디스페어(despair), 호프리스니스(hopelessness),

소로우(Sorrow), 디젝션(dejection)…… 상황에 따라서…… 뭐 여러 단어로 말할 수 있지. 그건 왜?"

"봐! 너는 바로 단어가 나오잖아. 그런데 나는 절망감을 느끼면서도 그게 영어로 뭔지 모르잖아. 그러니 정말, 진짜로 백 프로, 완전 절망 상태 아니겠니?"

"그런가? 뭐, 그럴 수도 있지. 수애야, 로또 대박 난 사람이 그걸 영어로 말 못한다고 해서 당첨이 취소되는 건 아니잖아."

"아냐. 너는 뉴스도 못 봤니? 박지성 선수가 축구 잘했다는 말보다 영어로 유창하게 인터뷰했다는 기사가 더 뜨더라. 마치 박지성 선수나 김연아 선수가 영어 인터뷰를 잘 못했으면 나라 망신, 개인망신이라도 되는 것처럼 말이야."

"맞다! 맞아!"

"그러니까 내가 영어를 잘할 방법은 죽어서 영어권 나라에 태어나는 길밖에 없어. 그것도 아니면 학교를 다니지 말고, 영어를 전혀 못해도 잘 먹고 살 수 있는 방법을 찾아야지."

"와! 너, 연구 많이 했다. 그래서 어쩔 건데? 너는 요리사가 꿈이잖아. 그런 건 영어 못해도 괜찮지 않니?"

"흥!"

수애는 콧방귀를 크게 뀌었다.

"왜 그래, 수애야?"

"요즘 텔레비전에 잘 나오는 남자 요리사 있지? 그 사람도 외국 호텔 수석요리산가 뭔가 해서 유명세 타는 거야. 그것 때문에 서울시 글로벌 홍보대사도 맡은 거고. 그 사람이 한국에서만 주방장 모자 쓰고 왔다갔다 하고, 영어도 못했다면 그 많은 요리사들 중에서 이름이나 알려졌겠니? 흥!"

수애는 다시 한 번 콧방귀를 뿜었다. 지민이는 고개를 끄덕였다.

"그래, 네 말대로 이제는 무슨 일이든 영어가 따라 주지 않으면 꽝이야. 영화배우들도 영어 열공이잖아. 개인 교사까지 두고 한대. 그러다가 그 사람이랑 결혼도 하고 갈 이야."

"문제는 그거야. 나처럼 서민층 자식들은 영어 배우는 데에 한계가 있다는 거지. 그 한계는 곧 내 인생의 한계 아니겠니? 가끔 뉴스 보면 미국 한 번 안 가고, 영어 학원도 안 다닌 애가 영어를 술술 말한다고 나오잖아. 그게 왜 뉴스거리가 됐겠니? 그런 경우는 정말 드무니까 뉴스에 나오잖아? 그런 애들이 많으면 뉴스가 되겠니? 그런데도 부모들은 그런 뉴스 나올 때마다 뭐라는 줄 알아?"

수애는 마치 대답해 보라는 듯 지민이를 쳐다보았다.

"넌 도대체 뭐하는 거야! 너는 학원이라도 보내 주잖아! 정말 저런 자식 둔 부모는 얼마나 좋을까? 돈이 굳잖아! 뭐 이렇게 말하지 않을까?"

"빙고! 정답입니다! 지민이, 너 천재다, 아니 귀신이다, 귀신! 오늘 아침에 우리 엄마가 그랬단 말이야. 어떤 초등학교 4학년 애가 학원도 안 다니고, 외국 유학도 안 갔는데 영어책을 줄줄 읽고, 영어 일기를 쓰고, 영어 말하기 대회에서 상도 타고, 영어책도 번역하고, 심지어는 영어 동화책을 낸 거야."

"초등 4학년이 그랬다면 그건 수재나 천재네."

"그렇지. 근데 우리 엄마는 밥 먹고 있던 나를 쫙 째려보면서 뭐라고 하는 거야. 혼자 중얼거리는 척하면서 나들으라고 큰소리로 말이지."

"뭐라고?"

"뭐긴, 네가 조금 전에 말한 그대로지. 거기다가 '남편 복 없는데 자식 복 있겠나…… 내가 무슨 자식한테 영화를 바라겠어……'라고 덧붙이면서."

"너희 엄마, 심하다!"

지민이는 얼굴을 찡그렸다. 수애의 얼굴에는 울음기가 가득했다.

그때 수업 시작 멜로디가 울렸다.

"어서 들어가자. 참, 어떡하니? 영어 시간인데…… 너 이렇게 영어 때문에 스트레스 받는데 공부가 되겠니?"

"그럼 어떡해? '교출'을 할 수도 없고."

"교출?"

"바보! 영어는 잘하면서 이런 건 모르네! 집 나오는 게

가출이면, 교실 나가는 건 교출이지!"

"그래, 너 잘났다. 빨리 가자!"

두 친구는 교실을 향해 뛰었다.

"참, 수애야. 이제부터는 우리 일요일에 못 만나! 원어민 강사한테 레슨 받기로 했거든. 우리 엄마가 팀을 짰대. 다섯 명이 배운대. 너도 같이 하면 좋을 텐데……."

"그래? 원어민한테 배우려면 비쌀 텐데 우리 집 수준으로는 턱도 없다. 게다가 실력이 비슷한 애들끼리 묶었을 거 아냐? 너라도 잘 배워!"

"괜히 미안해지네……."

"됐어. 난 이렇게 살아야지 뭐. 대신 나중에 죽어서 미국에서 태어날 거야. 꼭!"

두 친구는 교실로 들어갔다. 아이들은 영어 교과서를 펴놓고 숨소리조차 내지 않고 수업 준비를 하고 있었다. 그중 몇몇은 잠을 자는 듯 엎드려 있었다. 식곤증일까? 영어 시간이라 아예 포기한 것일까?

어떤 사람은 두 여학생이 나눈 이야기를 비웃을지도

모른다. 하지만 세상은 달라졌다. 인터넷 등 온갖 IT 기술이 발달되면서 '완전히' 열린 세상이 되었기에, 영어를 거의 모국어처럼 사용하는 세상이다. 요즈음 튀니지에 이어 도미노 식으로 이집트, 리비아 그리고 아랍권과 아프리카에 퍼지고 있는 이른바 '아랍의 봄'을 예로 들어 보자. 세계 각국에서 왕정국가나 독재국가, 군사정부 타도를 외치는 반정부 시위 물결, 시민 운동, 민주화 운동이 일어나고 있다. 이러한 움직임이 공산주의 국가인 중국이나 북한에까지 흘러 들어가고 있다. 사실, 이 모든 일의 최전방에서 활약하는 연락병이자 효자 일꾼은 인터넷, 스마트 폰, 그리고 영어라고 해도 과언이 아니다.

이런 발 빠르고 정확한 일꾼들 덕에 경제, 산업, 의료, 문화예술, 패션, 교통, 요리, 심지어는 전쟁 등 인류의 모든 것들이 공유되고 있다. 여기에 가장 필요한 것은 아마 정보와 속도일 텐데, 그 요건 중 하나가 언어이다. 그러다 보니 영어는 국적과 인종, 사상과 이념, 기호와 취미를 떠나 필수가 되었다. 게다가 사회적, 국제적 시스템 안에서 일을 하려면, 또 잘 먹고 잘 살려면 '영어'가 주요 자격요건이 된 것이다.

그런데 그 어느 나라보다 '영어 최고'를 강요하는 우리나라 현실, 우리 어른들의 실상은 어떠한가. 사상 초유의 국제적 망신을 당한 사건을 보자. 외교통상부가 한 - 유럽연합(EU) 자유무역협정(FTA) 협정문 한국어 번역본을 재검독한 결과, 총 207건의 오류를 발견했다는 것이다. 프랑스의 〈르 피가로〉 신문은 협정문 번역 오류로 우리 정부가 곤란한 상황에 처해 있다고 보도했다.

그런데 기가 막힌 것은 그 오류 내용 중 'and'나 'or'를 착각하는 등 아주 기초적인 오류들이 포함돼 있어서, 양측간 사상 최대 규모의 자유무역을 합의한 협정문 내용이 변경될 수도 있다는 사실이다. 어른들과 우리 사회는 이러면서도 아이들에게는 죽자고, 무턱대고, 무조건, 무자비하게, 무차별적으로 영어 공부를 시킨다.

"국제화, 글로벌화 시대에서 자기 분야에서 최고가 되려면 공부 일등, 영어 최고 수준이 되어야 해!"
"영어만 잘하면 반은 성공한 거야!"

"스타 운동선수도, 아이돌 스타도 영어 못하면 꽝인 세상이야!"

마치 판사가 되려면 법을 달달 외우기만 하면 그만이란 말과 뭐가 다르랴! 법과 함께, 또는 법보다 우위인 인간의 존엄성에 대해서는 말하지도, 알려고도 하지 않으면서 말이다. 그러니 '조두순 사건'처럼 어이없는 판결이 수두룩하게 쏟아져 나오는 게 아닌가 말이다.

또 천재 로봇 소년이 대학교에 입학하고도 영어 제일만 강조하는 시스템 안에서 적응하지 못 하고 자살하는 게 아닌가. 가짜 학력을 가지고도 영어를 잘하는 바람에 모두를 감쪽같이 속이는 일들이 일어나는 게 아닌가.

영어 수업을 강행하느라 학생과 선생 모두 갓난아기들처럼 영어로 말하고 듣고 쓰느라 절절 매는 바람에 서로의 인격적 소통은 물론 진정한 학문탐구 따위는 이미 잊어버리지 않았는가. 영어 강의를 잘하는 교수에겐 강의 개발비와 강의 지원 수당 등 각종 인센티브를 주는 제도를 실시해서 그것으로 가르치는 자의 인격까지 좀먹는 참으로 추악한 구조가 아닌가! 과학기술부에서는 학부

교육 선진화, 선도 대학 지원 사업 등을 영어 강의를 통해 이루려는 현실이 아닌가!

이뿐인가. 인문사회과학부 수업까지 영어로 하는 경우가 있다. 한국학, 한국사, 동양사 등의 수업까지 100퍼센트 영어로 진행해서 학생도, 교수도 제대로 수업을 따라가지 못하고 있다니! 처절한 정신적, 학문적 폭력이 따로 없다.

수단이 되어야 할 영어가 '완전 절대, 캡짱 목적'이 되고 말았다. 그 안에서 우리 아이들은 뇌와 심장과 위장이 말라가고, 비틀어지고, 변색되고 있다. '지'와 '정'과 '의'가 왜곡된 길로 걸어가고 있다.

영어, 하긴 해야 된다. 그런데…… 못하고, 잘 안 되고, 열심히 해도 그 자리인 건 어쩐란 말인가?

"어른들이시여, 어르신들의 인생도 사실 그렇지 않습니까? 그런 거 생각하고 우리들 좀 이해해 주소서!"

아이들은 원한다.

학교와 학원 공부, 숙제와 시험만으로도 시간이 부족한 우리. 운동장에서 땀 흘리며 마음껏 뛰어놀 시간은커녕 잠잘 시간, 먹을 시간마저 모자란 우리, 그리고 마음과 몸이 봄의 새싹처럼 마구 부풀어 오르는 사춘기의 우리들에게 제발 무엇이 더 중요하고 덜 중요한지 다시 한 번만 더 생각해 달라고!

효자! 효자! 효자!

인생에 태클을 거는 여드름 없이 깨끗한 피부로 학업, 취업, 사랑 승승장구하려면. 레이저가 효자!/ 제빵 드라마, 관광 효자! 제빵 드라마의 실제 촬영지를 잇는 연계상품 개발로, 침체된 여행 경기를 살릴 수 있다고/ 미국, 올 실업난 해소 '소셜 미디어'가 효자! 페이스북과 트위터 등 소셜 미디어 전문가를 찾는 기업들의 수요 급증/ 천리안이 효자 노릇 톡톡! 천리안이 찍어 보내는 한반도 주변 가시영상이 기상현상을 손금 보듯 훤히 보여 준다고/ 레알 마드리드의 '카림 벤제마'

가 결승골을 터뜨리며 '계륵'에서 효자로/ 백화점 업계, 혹독한 한파가 효자! 일제히 실적 상승/ 보이스 피싱 예방은 우체국이 효자! 우체국 직원들의 기지로 수십억 원의 보이스 피싱 피해 발생을 막았다고/ 주말 최고 인기 드라마는 효자! 광고 완판, OST와 책 줄줄이 대박./ 국회의원들 '어르신을 위한 효자 공약' 발표.

시 모든 아빠에게

작은 눈물이 있다. 밤낮 당신을 지켜보는/ 작은 귀들이 있다. 당신이 말하는 모든 말을 재빨리 흡수하는/ 작은 손들이 있다. 당신이 하는 모든 것을 열심히 하고 싶어 하는/ 그리고 작은 소년이 있다. 언젠가 당신과 같은 사람이 되고자 꿈꾸는/ 당신은 어떤 아이의 우상/ 당신은 지혜자 중 가장 지혜로운 자/ 그의 작은 마음은 당신에 관해 어떤 의심도 하지 않는다/ 그 아이는 당신을 헌신적으로 믿으며 당신이 말하고, 하는 모든 것을 품고 있다./ 그 아이는 당신처럼 말하고 행동할 것이다./ 그 아이는 당신처럼 어른이 되었을 때에/ 당신이 항상 옳다고 믿는, 눈을 크게 뜬 어린아이가 있다./ 그리고 그 아이의 귀는 항상 열

려 있다. 밤낮 당신을 지켜보며/ 당신은 매일 그 아이의 본이
된다. 당신이 하는 모든 일에/ 어른이 되기를 기다리는 어린 소
년이 있다./ 당신처럼 되기 위해. 크로프트 M 펜츠

정치, 사회, 경제 그리고 문화예술까지 모든 뉴스에 '효
자'라는 말은 참으로 다양한 입장(?)에서 쓰인다. 요즘 뉴
스를 검색하다 보면 효자라는 말은 이렇게 '회생'과 '구
원'의 뜻으로 사용된다. 그런데 진짜(?) '인간 효자'에 대
한 이야기는 거의 없다.

그리고 사람들 입에 오르내리고 있는 그 '효자'의 역할
은 한마디로 '구원투수'이다. 침체되고, 어둡고, 스러져가
며, 심지어는 회생가망성이 없으며 포기하려고 하는 상
황에서 홀연히 나타나 생명의 빛을 주어 다시 살려 주는
구원의 손길, 구원의 목소리이다.

우리는 그것을 천사나 요정이나, 선녀나 산신령님이나,
애인이나 남친과 여친으로 또는 어머니나 아버지, 한 줄

기 빛이나 희망의 길이라고 부르지 않는다. 딱 한마디로 '효자'라고 한다. 21세기가 첨단과학 제일우월의 시대이지만 그 호칭은 참으로 예스럽다.

'효자!'

왜 그럴까?

한자 풀이로 보면 효자의 '효(孝)'는 아들이 늙은 부모를 업은 형상일 뿐인데 말이다. 참으로 아이러니하다. 자식이 부모를 등에 업고 가는데 그게 무슨 대단한 일이며, 구원의 동기가 된다고 효자라고 표현할까? 그렇다면 예전에 우리가 말하는 효자는 어떠했을까?

- 아침에 부모님보다 일찍 일어나 마당을 쓴 다음 옷매무새를 단정히 하고 아침 인사를 드린다.
- 밥상에서 부모님보다 먼저 수저를 들지 않고, 부모님 말씀을 중간에 끊지 않는다.
- 동네 사람들에게 공손한 언행을 하며 부모님에게 칭찬이 돌아오게 한다.
- 먹을 것, 입을 것 등을 언제나 부모님 것부터 챙긴다.

그래서 자식이 부모를 업는 형상을 효도의 근본이라 여겼는지도 모른다. 물론 이것을 효자의 근본 도리라고 말한다면 요즘 아이들과 부모들은 극명하게 다른 반응을 보일 것이다. 대부분의 부모들은 "그건 옛날 고릿적 얘기죠! 그런 것 안 해도 좋으니 공부만 잘하면 돼요. 그게 효자의 제일 조건입니다!"라고 말할 것이다. 하지만 아이들은 "와! 그게 효자라면 난 정말 대박, 왕, 짱, 리얼 효자 될 수 있는데! 공부 얘기는 하나도 없잖아?"라며 박수를 치겠지.

이런 부모들과 자식들의 생각의 차이는 점점 굳어지는 듯하다. 집집마다 아들, 딸 구별 없이 자식이 하나나 둘이고, 아예 하나뿐인 자식이 딸이길 바라기도 한다. 하지만 여전히 바뀌지 않은 것은 "우리 애는 효자야(효녀야)!"라고 하면 그것은 곧 "우리 애는 공부 잘해!"라는 또 다른 표현이라는 점이다. 마치 "쟤는 참 예뻐."는 곧 "쟤는 참 착해."이며, "쟤는 몸짱이야."는 곧 "쟤는 참 좋은 애야."라는 요즘 아이들의 화법처럼 말이다.

그런 의미로 본다면 부모들은 "우리 애는 참 효자야!"

라는 이 말 한마디를 자랑스레 해보는 게 소원이다. 우리
아파트가 얼마나 크고, 자가용이 외제인지 국산인지 하
는 건 자랑거리도 아니다. 남편의 사회적 지위도 중요하
고, 아내의 외모도 중요하지만 자식의 자랑거리에 비할
바가 못 된다고 부모들은 말한다.

"자식이 잘나면, 부모가 추레하게 입고 학교에 와도 그
얼굴이 태양처럼 빛이 난다!"

"잘난 자식 하나면 못난 남편 열 명도 필요 없다! 세상
부러울 게 없다!"

"잘난 자식 둔 사람은 대통령도 우습게 보인다!"

바로, 부모들의 마음을 이렇게 흡족하게 해 주는 자식
이 '효자'라는 말이다. 그런데 과연 어떤 자식이 부모의
마음을 이토록 감격시키는 효자일까?

어느 학교 강연장에서 아이들에게 물어보았다.

"부모님들은 어떤 자식을 효자라고 생각할까요?"

아이들의 대답은 아주 간단하고, 명료하며, 통일(?)되어
있었다.

"공부 잘하는 자식이요!"

"그게 다인가요?"

그러자 아이들은 장난스레, 그러면서도 자조 섞인 말을 마구 쏟아놓았다.

"부모 말에 무조건 '예스' 하는 자식!"

"돈 안 쓰는!"

"대들지 않는!"

마침내는 진심인지, 지나친 장난기인지 '집 나가서 아예 안 들어오는 자식!' '아예 처음부터 안 태어난 자식!' 이 효자일 거라는 말까지 나왔다.

나는 태연한 척 했지만, 속으로 너무 놀랐고 마음이 아팠다. 할 수만 있다면 부모들과 아이들을 모두 한자리에 모이게 한 다음, 서로의 마음을 여는 진실 게임이라도 하고 싶었다. 아이들의 말 속에서 울분과 섭섭함, 냉소가 절절히 묻어 나왔기 때문이었다.

"이 세상에 효자라는 애들은 다 위선자야. 속으로는 자기네 부모들을 원망하고 있을 거야!"

"그런 애들은 지금 당장은 어떻게 할 수 없으니까 부모가 시키는 대로 하고 사는 거야. 나중에 어른이 되면 완전 달라질걸!"

"춤 잘 추고, 노래 잘하고. 이런 건 아무리 잘해도 공부 못하면 효자 소리 못 듣잖아? 그러니까 너나 나나 우리는 영원히 효자 되긴 틀렸어."

"나중에 내가 결혼해서 자식 태어나면 공부 못해도 효자라고 칭찬해 줄 거야. 내 자식으로 태어나 준 것만 해도 고마운 거 아니야? 재벌 집의 자식으로 태어날 수도 있는데 말이야!"

"그런데 부모들도 웃기지 않니? 그런 식으로 따지면 자기들도 효자, 효녀 아니었으면서 왜 우리들을 잡을까?"

부모들도 할 말이 많다.

"네가 왜 공부를 열심히 해야 하냐면……"

"우리 사회는 아직도 실력이……"

"월급쟁이 가족인 우리 집의 희망은 네가 공부 잘해서……"

"십대 시절에 공부 열심히 하면 앞으로 칠팔십 년 동안의 인생이⋯⋯"

서로 가슴속 말을 다 하지 못 하면서도, 서로의 마음을 깊이 헤아리지 못 하면서도, 서로의 가슴을 아프게 한다. 서로의 마음이 눈물을 흘리게 한다.

부모는 '너를 위해서' 네가 '효자(孝子)' 되길 바라고, 곧 공부 잘하는 것이 '네 인생' 구원투수로서 진정한 '효자'가 되어 줄 것이라 확신하며 말한다. 그러나 아이들은 나름대로 최선을 다한 결과가 이 정도인데 어쩌겠냐며, 부모의 예상과는 다른 효자(哮 성낼 효), 효자(嚆 울릴 효)의 모습을 보여 준다. 아이들은 속으로 혼자서 몰래 숨죽여 울며 스스로에게, 부모에게, 그리고 교육제도와 세상의 가치관을 향해 화를 퍼붓는다.

사실, 우리 아이들은 어떠한가? 성적 문제만 아니라면 건강한 것만으로도, 학교에 잘 가고 친구들과 잘 지내고 별 일탈 행동 없이 지내는 것만으로도 효자가 아닐까? 아무 반찬이나 잘 먹고, 명품 옷 아니라도 잘 입고, 가끔 툴툴거리지만 심부름 잘 하고, 다른 부모랑 비교하지 않고,

다른 집 자가용 부러워하지 않는 것만으로도 효자가 아닐까?

그런데 왜 이런 孝子들이 막말을 하고, 울며 분노로 소리를 치는 哮子, 嚙子의 모습을 보이는 걸까? 그것은 기대의 차이 때문이다. 몇몇 친구의 이야기를 들어 보자.

오늘 점심은 외할아버지 칠순 잔치에 가기로 되어 있다. 온 가족이 외출 준비로 분주하다. 준수도 나름 멋을 내고 있다. 외할아버지의 사랑을 듬뿍 받는 준수인 데다가 오늘 잔치가 열리는 뷔페 식당은 시내에서 손꼽히는 유명한 곳이다. 그런데 엄마가 거울 앞에 서 있는 준수에게 다가와 오른손을 내민다.

"내 놔."

"뭘요?"

"이번 시험 성적 나온 거 다 알아. 왜 안 보여 주니?"

열심히 머리카락을 매만지던 준수는 얼굴을 찡그리며 마지못해 책가방 밑바닥에 묻어 둔 성적표를 꺼낸다.

"하아……(엄마의 길고 긴 탄식), 겨우 이 정도니?"

"난 하느라고 한 거예요."

"지금 시간 없으니까 나중에 얘기하자. 두고 보자, 응!
(입술을 꽉 다문다.) 그런데 너, 지금 어디 가려는 거야?"

"네? 외할아버지 칠순 잔치요."

엄마가 재빨리 준수의 말을 자른다.

"칠순이건 팔순이건 네가 거길 왜 가려고?"

"네? 당연히……."

엄마는 이번에도 말을 자르며, 준수의 등을 방 안으로
떠민다.

"됐어, 됐거든! 할아버지도 공부 잘하는 손자가 좋으실
거야! 네가 지금 뷔페 갈 상황이야? 할아버지한테 최고의
선물은 훌륭한 성적표니까, 진짜 할아버지한테 효도하려
면 공부나 잘해! 네가 이번 시험 잘 봤으면 성적표 들고
가서 칠순 선물로 보여 드리려고 했는데, 이게 뭐니? 할
아버지 혈압 올라가시겠다! 하여튼 이따 보자! 집 잘 봐!"

"엄마는!"

그러나 이런 일이 한두 번이 아니기에 준수는 순순히
제 방으로 들어간다. 텅 빈 집. 책상 앞에 앉은 준수는 자
책한다.

'잘못하면 평생 할아버지 못 만나겠네. 난 왜 이렇게 공부를 못하는 거야? 내가 정말 불효자인가? 아니, 불효손자인가?'

준수의 두 눈에 안타까움의 눈물이 그렁그렁 괸다.

"엄마! 나, 일등 먹었어!"

현관문을 열며 미미가 급히 뛰어 들어온다.

회사에서 오자마자 저녁 준비를 하던 엄마의 가슴이 벌렁벌렁거린다.

'일등? 드디어 우리 딸이 일등?'

너무 감격한 엄마는 뭐라 말도 못 한 채, 미미를 쳐다본다. 미미는 싱크대 앞에 서 있는 엄마에게 달려와 두 팔로 꼭 껴안고 아기처럼 웅얼거린다.

"정말 네가 일등했다고?"

그제야 엄마는 떨리는 가슴을 진정시키며 물었다.

"응, 엄마! 우리 학교에서 딱 나 한 사람 뽑혔어!"

'으응? 좀 이상하네? 이게 무슨 말이지?'

엄마는 정신을 가다듬었다.

"미미야, 뭔데 너만 뽑혔다는 거니?"

"우리 구청에서 청소년 비보이 그룹 만드는데 우리 학교에서는 나만 뽑힌 거야!"

"뭐? 삐보이? 삐보이?"

너무 놀라고 실망한 나머지 엄마는 비보이가 아니라 '삐보이'라며 소리를 지른다. 미미는 화들짝 놀라며 엄마를 안고 있던 두 팔을 풀었다.

"그럼 그렇지, 네가 공부 일등을 할 리가 없지. 그리고 뭐 비보이? 그거 일등해서 뭐 하게? 스물네댓 살만 넘어도 허리가 굳는데, 지금 공부 안 하고 비보이 되면 앞으로 팔구십 년이나 되는 인생을 뭐하고 살려고? 뭐하면서 인생 보내려고? 네가 지금 제 정신이니? 남들은 학원을 하나라도 더 다니려고 안달인데!"

"엄마……"

"내가 너한테 뭘 더 바라겠니? 지금 엄마 꼴 좀 봐라. 회사에서 오자마자 니들 먹이려고 또 집안일하고 있잖아. 그런데 비보이? 비보이? 그냥 너는 공부만 잘하면 돼. 그게 부모한테 효도하는 거고, 네 인생에 투자하는 건데 왜 그걸 못 하니? 쓰나미가 오든, 지진이 나든 너는 공부만 하면 되잖아! 엄마 아빠가 뭐든 다 해준다는데…… 겨우 그 정도가 그렇게 어렵니? 싫니?"

엄마의 통곡에 가까운 야단을 뒤로 하고 방으로 들어온 미미는 쓰러지듯 침대에 엎드린다. 소리 죽여 운다.

'엄마, 내가 좋아하는 거 잘하면서 사는 것도 내 인생에 투자하고, 엄마 아빠한테 효도하는 거 아닌가요?'

하지만 그 시간 안방에서 부모님도 울고 있다는 사실을 우리는 모른다.

"내 딸아(아들아)! 우리는 너에게 물려줄 게 많지 않단다. 그래서 너에게 부탁하는 거란다. 네 꿈을 견고하게 지킬 수 있는 지성과 네 건강을 잃지 않게 하는 정신의 강건함, 그리고 네 친구들과 잘 지낼 수 있는 지혜로움과 네 미래의 평화로움을 위한 판단력의 기초를 쌓을 수 있도록! 이 모든 것의 주춧돌 중 하나가 공부이기에…… 그러니 힘들어도 조금만, 조금만, 조금만 더 참아 주렴."

선생님,
고맙습니다! 죄송합니다!

뉴스 1 "아, X발 X나 짜증나게 해." 한 중학교 교사가 수업 중 학생으로부터 들은 말이다. 다른 과목 숙제를 하는 학생에게 두 차례 주의를 주자 학생은 거침없이 욕설을 내뱉었다. 이 교사는 "다시는 그러지 마라."고 짐짓 의연한 척했으나 '앞으로 어떻게 정당한 지도를 할 수 있겠나?'라는 회의가 들었다고 했다. 다른 중학교 최모 교사도 학생에게서 심한 욕설을 들었다. 또 학생은 교실 기물도 발로 차고 부쉈다. 최씨는 "교사만 바보 되는 기분이 든다."고 말했다. 공경과 사랑으로 끈끈해야 할

사제 간에 욕설이 난무하고 있다. 공개적으로 학생에게 욕설을 듣고 정신적 고통을 호소하는 교사들이 적지 않다. 한국일보

뉴스 2 "스승의 날에 학교 나오지 맙시다. 꽃 몇 송이 받고는 뇌물받았다는 소리를 듣느니 쉬자고요." 스승의 날에 뇌물을 챙기는 일이 많아 그날은 휴교해야 한다는 교육관계자들의 기발한 발상으로 교사들은 마음이 아팠다. 교육사회학자 하그리브스라는 교사의 유형을 지식을 가르치고 윤리적 행동을 훈련시켜 모범생을 만드는 게 교사의 역할이라고 생각하는 '맹수조련사형', 학생들이 학습에 흥미를 느끼는 자료를 준비하고 즐겁게 배우도록 해주는 '연예인형', 학생들과 친구처럼 격의 없는 관계를 유지하는 '낭만가형', 이렇게 세 가지로 나눴다. 그러나 대한민국에서는 '체념형'을 추가해야 할 판이다. 열심히 해봐야 보상이 없고 무얼 좀 잘 해보려 하다가 탈이 나면 골치 아프니 적당히 하자는 무기력의 풍조가 교사들의 의식에 자리 잡아 가고 있는 것이다. 그러나 이러한 요인은 교사들만의 문제가 아니라 학부모, 교육관료, 정치인 등의 영향을 직간접으로 받는 것이라고 역설했다. 국민일보

어느 중학교 교실.

'나의 미래의 직업에 대해 발표하기' 시간이었다. 많은 아이들이 '선생님'을 택했다. 담임선생님은 흡족한 얼굴로 아이들에게 물었다.

"왜 선생님이 하고 싶으냐?"

아이들의 거침없는 답이 이어졌다.

"선생님은 공무원이랑 똑같잖아요. 잘릴 걱정도 없고, 월급도 잘 나오잖아요. 그리고 어른들이 그러는데 퇴직금이랑 연금도 백 프로 보장되고요. 그래서 노후대책으로 최고래요."

"우리 엄마가 그러시는데, 여자는 좋은 집으로 시집가려면 선생님이란 직업이 최고래요. 여자 직업이 선생님이면 맞선시장에서 일 순위래요."

"경쟁하는 게 싫어서요. 선생님이란 직업은 아이들하고만 지내니까 편할 것 같아요. 마음대로 야단도 치고, 혼낼 수도 있잖아요."

아이들의 말을 듣는 선생님의 얼굴이 점점 어두워졌다. 슬픔에 목이 메었다. 그래도 꾹 참고 애써 웃으며 한마디 했다.

"얘들아, 너희들처럼 말 안 듣고, 떠들고, 선생님한테 대들기나 하는 애들을 가르치는 선생님이 되겠다고? 힘들지 않을까? 이제는 학생들을 체벌하지도 못하는데?"

그러자 아이들은 까르르 웃으며 "괜찮아요!", "몰래 때려 줄 거예요!", "직업인데 그 정도 힘든 건 괜찮아요! 돈만 벌면 돼요!"라고 했다.

선생님은 더 이상 말을 할 수 없었다. 애써 미소 지은 입가에 경련이 이는 것 같았다. 선생님은 자신의 어릴 때 일이 떠올랐다.

선생님의 동네에서 태어난 사람 중에 장관이 탄생(?)했었다. 당연히 작은 시골마을은 축제 분위기가 되었다. 그리고 얼마 뒤, 그 장관이 마을을 방문했다. 마을의 유지와 권세 있다는 사람들이 앞장서 장관 맞을 채비를 했다.

'장관님이니까 그에 걸맞게 우리들이 가장 먼저 인사를 드리는 게 그분에 대한 예의지! 격식과 예의를 아는 사람이 진짜 사람이니까!'

하지만 장관이 고향에 와서 가장 먼저 만난 사람들은 초등학교, 중학교 시절의 은사였다.

"스승님 덕분에 제가 장관이 됐습니다!"

이 말이 고향을 찾은 장관의 첫말이었다. 그런데 동네에서 권세깨나 부린다는 사람들 등 뒤로 물러서 있던 노인들이 화답하듯 이렇게 말했다.

"역시 세상에서 선생님이 제일 윗질이여! 선생님들이 오죽이나 잘 가르쳤으면 장관이 됐겠어!"

"맞는 말이야. 스승 잘 만나서 훌륭한 사람이 된 거지. 우리 손자 선생님도 그런 분 같아서 다행이야."

"그러고 보면 요즘 애들이 문제가 많은 건 선생들 탓일지도 몰라. 훌륭한 선생님이 많으면 애들이 그렇게 막 나가겠어?"

이런 말이건, 저런 말이건 동네 어른들은 선생님의 역할이 참으로 중요하다는 뜻을 담은 말들을 한마디씩 뱉어 냈다.

만약 이런 이야기를 들려준다면 요즘 아이들은 뭐라고 할까? 기막히다며 하품을 쩌억? 웃기지도 않는다고 인상을 팍팍? 아니면 60년대 개그라며 실소를 큭큭? 그것도 아니면 시대감각 없다고 핀잔을 찍찍?

이런 식으로 추측할 수밖에 없는 이유는 요즘 학생들이 선생님에 대해 갖는 인식 때문이다. 아이들은 딱 초등학교 3학년 때까지만 선생님을 선생님으로 여긴다는 달까지 나오는 것이 현실이다. "그럼 4학년부터는요?"라고 질문할 것이다. 답은 간단하다. '4학년 정도 되면 아이들이 선생님을 공무원이나 은행원, 월급쟁이로 여긴다.'라나! 게다가 진짜 선생님은 학원 선생님이라고 생각한다고도 한다. 그래서 학교 선생님 말은 잘 안 들어도, 학원 선생님 말은 척척 듣는 것일까? 교실과 학원 강의실 풍경만 비교해 봐도 알 수 있다.

수업 시간, 교실에서 한 아이가 아예 푹 엎드려 잠을 자고 있다.

"거기! 동원이, 일어나라! 정 힘들면 세수하고 오던지!"

선생님이 호통 치지만 아이는 대답도 안 한다. 옆 자리의 친구가 흔들어 깨운다.

"동원아, 선생님 화나셨어."

하지만 그 아이는 되레 신경질을 내며, 일부러 큰소리로 말한다.

"됐어! 신경 쓰지 말고 수업이나 하라고 해! 내가 자건 말건 월급만 받아 가면 되는 거 아니야! 언제부터 나한테 신경 썼다고 그래? 순전히 자기 자존심 때문에 저러는 거야! 예민하긴!"

그러나 학원 강의실은 상황이 아주 다르다. 졸음을 참지 못하고 고개만 숙인 채 깜빡 잠이 든 아이. "너, 나가!"라며 학원 선생님이 단번에 아이를 몰아세운다. 졸던 아이는 눈을 번쩍 뜬다. "잘, 잘못했습니다!" 선생님의 2차 고함이 울린다. "나는 내 시간에 조는 놈은 용서 안 해! 나가!" 아주 잠깐 존 그 아이는 강의실에서 쫓겨난다. 그리고…… 아무 일도 없었던 듯 강의는 계속된다.

이 두 장면이 의미하는 것은 무얼까?

아이들이 선생님에 대해 무엇을 기대하며, 선생님의 존재와 가치(?)를 무엇으로 규정짓고 있는지를 알 수 있다.

선생님=성적 향상

지금 당장 나의, 우리의 '성적을 올려 주는 데에 기여도 (?)가 높은 사람'이 가장 존경받고, 선생님으로 인정받는 상황이다. 그런데 아이들은 이것을 학원에서 기대한다. 학교는 제도 때문에 다닐 뿐 진짜 성적을 올려 주는 곳은 학원이라고 믿기에, 각 선생님에 대한 마음자세도 다른 것이다.

그런데 성적이 아닌 인격적이고 도덕적인 문제로 아이들을 야단치고, 권고하고 훈계한다면, 아이들은 어떻게 반응할까? 우선 아이들이 원하는 바람직한 교사상에 대해 알아보자. 2000년대까지만 해도 선생님들이나 아이들이나 공통적으로 바라는 교사상이 있었다.

항상 마음이 착한 교사를 원하지는 않는다. 학생들의 미래를 위해서 엄격하면서도 잘해 주고, 민주적으로 대하면서도 카리스마가 있는 교사. 그래서 언제 민주적으로 대해 주고, 언제 엄격하게 대해야 하는지를 구분할 줄 아는 교사!

'항상 마음이 착한 교사'는 학생들이 좋아하기는 하지만 존경하지는 않는다는 것이다. 그렇다면 지금은?

선생님들은 말한다.

"엄격이요? 누구를 위한 엄격이죠? 지금은 그저 마음 착한 쪽을 택하는 편이 안전(?)합니다!"

교육 현장에서 엄격하고, 자주 훈계하며, 지시하는 선생님은 일명 '재수 없는', '밥맛인 교사'로 낙인(?) 찍힌다. 그렇기 때문에 여러 가지 피곤(?)을 자초하는 결과를 얻게 된다. 그래서 보고도 못 본 체, 들어도 듣지 못한 걸로, 알아도 모르는 듯해야 학생들과의 사이가 원만(?)해진다는 말이다. 그런데 가령······

– 동원아, 왜 수업시간에 자는 거야? 일어나라! 동원이

뿐만 아니라 너희들 대부분 요즘 보면 마음이 딴 데 가 있는 것 같아.

– 나중에 커서 뭐가 되려고 그러니? 정신 차리고 공부 해야지! 뱀의 머리가 될지언정 용의 꼬리가 되지 말 라는 말 모르니? 최선을 다해라.

– 공부만 잘하면 다야? 우선 사람이 돼야지. 친구들끼 리 자꾸 싸우면 어떡하니? 나중에 후회하지 마라. 결 국 남는 건 친구들이다!

– 교실이 이게 뭐니? 너희들의 몸과 마음, 영혼이 함께 숨 쉬고, 꿈을 키워 가는 교실을 좀 깨끗하게 정돈해 보자. 예쁘고 근사하게까지는 바라지 않으니까. 어쨌 든 깨끗해야 선생님들도 너희를 가르칠 기분이 나지 않겠니?

– 요즘, 너희들, 선생님들한테 인사를 잘 안 한다며? 국어 선생님이랑 체육 선생님께서 나한테 귀띔하시 더라! '지덕체'라는 말이 있는데 사실은 덕이 우선이 야. 사람은 '된 사람'이 된 다음에 '든 사람', 그리고 '난 사람'이 있는 법이야!"

청소년 시절에 선생님들에게 이런 훈계를 들으며 자란 선생님들이 요즘 아이들, 즉 제자들에게 같은 식의 야단을 친다면?

피곤해질 일만 생긴다고 한다. 먼저 아이들의 원성과 항의가 시작된다. 그리고 가장 많이 제기되는 항의가 '인권침해' 항목이란다.

- 성적? 수업태도? 미래? 그거 우리 인생이니 우리가 알아서 합니다.

- 친구관계? 교실 환경? 이거야말로 철저히 사생활 차원입니다.

- 그리고 마지막으로 '된 사람'이라고요? 돈이 많거나 얼굴, 몸매가 빼어나지 않으면 뭘 잘해도 인정받지 못하는 세상인데 된 사람이 되어 봤자 무슨 소용 있습니까? 결국은 그런 사람들의 그늘에 가려서 초라하게 사는데!

아이들의 이야기를 듣고 나면 '아이들은 나쁘지 않다', '아이들은 바보가 아니다'라는 결론을 내리게 된다. 그리고 '세상이 아이들을 병들게 했다', '어른들이 아이들의

마음을 아프게 하고 있는 중이다, 점점 더 아프게……'라는 생각이 들어 슬픔이 솟는다.

'물질과 외모 제일주의, 권력과 출세의 줄을 따라 충성하기, 명품과 쾌락으로의 달리기'라는 가치관을 '인생 성공'으로 가는 레드 카펫으로 깔아 놓은 어른들. 그리고 그 뒤를 어서, 빨리, 곧장, 따라오라고 손짓하는 어른들.

아이들은 핏빛 레드 카펫 위를 달리느라 선생님을 쳐다보고, 선생님의 말에 귀를 기울이고, 선생님의 안타까운 외침에 발을 멈추거나 하지 못한다.

앞으로,

앞으로,

앞으로만…… 달려가야 하기 때문이다.

그래서 예전에는 선생님을 지극히 존경하여 선생님의 그림자조차 밟지 않는다고 했다. 하지만 지금은 아이들이 학원으로 피시방으로 가느라 너무 바빠서, 아예 선생님 곁에 있을 새가 없으므로 선생님의 그림자를 밟을 기회(?)조차 없을 뿐더러, 그림자가 있는지조차도 모를 지경이다.

어린 시절의 놀이방, 유치원부터 초등학교 그리고 중학교를 지나…… 사회에 나가기 전까지 부모를 대신하거나 때로는 부모보다 더 살갑게 인생길을 함께 걸어가 주는 선생님,

우리의 가장 아름답고 푸르며, 빛나고 순수한 삶의 시간들을 함께 보내시는 선생님,

세상의 수많은 일들 중에 어린이와 청소년들과 함께하는 길을 택하여, 언제나 그들의 눈높이에 심장과 머리오 눈길과 자신의 인생까지 맞추려 애쓰시는 선생님.

오늘, 졸린 눈이지만 힘주어 뜨고 선생님을 바라보자. 지친 몸이지만 한 발 빨리 달려가 "선생님!" 하고 불러 보자. 시험 성적 때문에 마음이 우울하지만, 그래도 우리에게 성적보다 더 위대한 미래가 있음을 외쳐 주는 선생님에게 "고맙습니다."라고 마음을 전해 보자.

마음은 안 그런데 여러 불만을 괜스레 선생님에게 짜증으로 터트리고, 못 들은 척하고, 반항으로 퍼부었던 어제를 생각하며 선생님에게 '죄송합니다.'라고 눈으로라도 말해 보자.

그리고 '우리 선생님의 그림자가 어떻게 생겼지?' 하며 선생님 곁에 한번 다정하게 서 보자.

선생님의 자긍심의 높이와 깊이에 비례하여 아이들의 행복감이 커지거나 줄어든다고 한다. 그 말은 곧, 아이들의 학교생활에 대한 행복과 불행감이 선생님들의 웃음과 아픔의 척도라는 말이다. 결국 부모님들처럼 선생님들의 삶의 의미도 아이들과 단단히 묶여 있다.

선생님이 말한다.

"얘들아, 우리 함께 오늘을 즐겁게 시작하자. 그러면 내일은 좀 더 우리 편일 거야!"

하버드대 학생들의 팔은
왜 번쩍번쩍 잘 올라갈까?

EBS-TV의 전파를 탄 '하버드 특강–정의'에 시청자들의 폭발적인 관심이 모아지고 있다. 방송 후 트위터에는 특강에 대한 수백 건의 호평이 줄을 이었다. "노트 필기를 해 가며 본 건 처음이다. 책보다 특강의 재미가 더한 것 같다."라는 소감이 대부분이었다. …중략… 첫 방송 이후 시청자 반응도 뜨거웠다. "방송을 잘 시청했다."는 소감이나 "다시 방송해 달라."는 요청이 1백여 건 가까이 밀려들었다. 이번 첫 방송은 EBS-TV 자정 시간대에 배치된 것임에도 불구하고, 평일 동

시간대 시청률의 2배에 이르는 것으로, 앞으로 더 높은 시청률이 기대된다. EBS는 벌써부터 프로그램 재방송을 검토하고 있으며, DVD도 출시할 예정이라고 밝혔다. 나눔뉴스

뉴스 2 하버드대 마이클 샌델 교수의 저서와 강연이 국내에서 선풍적인 인기를 끌고 있다. …중략… 문득 이런 생각이 떠오른다. 외국의 뛰어난 학자의 논의에 열광하기에 앞서 이제는 훌륭한 인문사회 과학자를 키워 내기 위한 장기적인 대책과 단기적인 처방을 고심해야 할 때가 되지 않았는가? 인문사회 분야든 이공 분야든 세계적인 학자가 드문 이유로 무엇보다 세계 최고인 우리 국민의 대학 진학 열기, 그리고 그것이 왜곡하는 대학입시 제도를 꼽을 수 있다. 원하는 대학에 진학하려고 주입식 반복교육에 매달려 수능이나 내신 점수를 올리는 데 집중해야 하는 우리 학생들과 달리, 서구의 뛰어난 학자들은 청소년 시절부터 자유로운 분위기 속에서 동서양의 고전을 섭렵하고 인간과 사회와 세계에 대해 독창적으로 사고하는 법을 배운다. 우리도 그런 분위기를 조성하기 위해서는 중등학교의 교육 체계를 바꾸어야 하겠지만 더 중요한 점은 명문대학에 진학하

지 못한 사람이라 할지라도 사회에서 '루저'가 되지 않고 떳떳하게 살도록 고용과 복지를 포함한 광범위한 사회문화적인 개혁을 추진하는 일이다. 이런 장기적인 대책을 통해 중등교육의 분위기를 입시지옥으로부터 해방시켜야 한다. 동아일보, 강정인 (서강대 정치외교학과) 교수의 글에서 인용.

요즈음 《정의란 무엇인가》의 저자 마이클 샌델을 모르면 아이돌 가수를 모르는 것처럼 흥이 잡힌다는 말까지 있다. 미국 출신의 정치철학자로 현재 하버드대 교수토 재임 중인 그가 미국 사회는 차치하고라도 우리나라에 끼친 영향이 크다. 그래서인지 사람들은 저마다의 위치(?)에 걸맞게 그의 이론을 접목하고 인용한다. 깨끗한 정치, 시민의 올바른 정치참여, 공정사회, 경제적 균형, 균등한 분배, 심지어는 바른 시민의식과 개인의 양심까지 화두가 되고 있다.

　물론 나도 원고 쓰기를 미루고 텔레비전 앞에서 그의

강연을 지켜보았다. 하지만 지금 그의 강연 내용에 대해 말하진 않겠다. 내가 굳이 하지 않아도 그에 대한 찬사가 무수히 쏟아지고 있으니 말이다. 나는 강연 내내 그의 학생들에게서 눈과 마음을 뗄 수 없었다. 여러분도 다시 한 번 강연장을 가득 메운 학생들을 눈여겨보시라!

샌델 교수가 질문을 하면, 학생들의 팔이 번쩍번쩍 올라간다. 여기저기서 초여름 새싹들처럼 거침이 없다. 샌델 교수가 한 사람을 지목한다. 그가 "말해 보세요."라고 하면 여학생이든, 남학생이든, 흑인이든, 백인이든, 유색인이든…… 일어선 학생들은 단 한 사람도 예외 없이 똑바로 교수를 바라보며 제 의견과 생각을 말한다. 자신감 넘치는 태도다.

우리 학생들이 마치 남의 집 대문을 노크하고 들어갈 때처럼 꼭 말머리에 붙이는 "제 생각에는요……."라는 말은 쓰지 않는다. 머리를 긁적이고 마치 죄지은 듯이 주위를 둘러보거나, '틀리면 어떡하지?'라는 두려움은 없다. 그들은 당당하다. 나에게 질문한 사람은 교수이고, 나는 학생이니 답이 틀리든 맞든 충실하게 내 생각을 전할 뿐이라는 태도다.

나는 이런 장면 장면마다에서 감탄과 부러움에 가벼운 전율마저 느꼈다. 교수의 강연에 마음과 귀를 기울이는 학생들, 그들은 스승을 존경하는 한편 거침없이 자신이 고민하거나 옳다고 여긴 것을 말로 표현했다. 그런 학생들이 바로 그 나라 미래의 한 축이 되겠구나 하는 생각이 들어서였다.

강연을 다 듣고 나서 우리 아이들을 생각했다. 나는 한 달에 한 번 정도 학교나 도서관 강연에서 여러 연령층의 독자들을 만난다. 사랑스러운 유치원생들부터 나보다 키가 한두 뼘은 큰 청소년들과 학부모와 선생님들을. 그런데 그때마다 청소년들에게 안타까운 점이 있다. 우리 청소년들과 하버드대 학생들의 극명한 차이점! 즉, '내 생각을 말하기, 또는 전하기'에 대해 너무나 다른 태도 말이다.

생각해 본다. 아니, 함께 생각해 보자.

왜 하버드대생들의 팔은 위로 쑥쑥 거침없이 잘도 올라갈까? 왜 하버드대생들의 목소리는 주저 없이 입 밖으로 터져 나올까? 어떻게 그 학생들의 눈은 당당하게 교수의 눈을 쳐다볼 수 있을까?

이 문제의 답을 구하려면 먼저 우리 자신을 살펴보자.

사춘기. 思春期.

한자의 뜻풀이를 열면 '봄을 생각하는 시기'에 들어선 우리들. 그렇다면 '봄친구'들이라고 해도 될 듯하다.

사춘기의 우리들. 봄친구들!

하지만 왜 이 이름이 우리들에게 어색하게 여겨질까? 봄친구인데도 왜 따스한 얼굴이 아니라 굳은 표정과 굳게 다문 입술이 먼저 그려질까? 우선 하버드대생들이 지닌 당당함이 없어서이다. 봄친구인 우리들은 어릴 때, 아주 어릴 때부터 어땠는가? '이렇게 생각할 수도 있고, 저렇게 말할 수도 있으며, 다수의 무리와 다르게 행동할 수도 있음'을 저지당했다. 그저 단순하게 '맞느냐, 틀리느냐와, 함께 똑같이 움직이기'에 길들여져 왔다.

코흘리개 시절부터 사랑과 올바른 교육과 지도편달이

란 이름으로 포장된 혀의 회초리만 실컷 맞으면서! "네 말은 틀렸어." "그런 생각은 옳지 않거든." "그렇게 행동하면 통일이(단체생활에서 똑같이 보이지 않는다는 의미의 통일) 안 되잖아."라는 지적과 꾸지람을 들으며 봄친구들은 주눅 들어 왔다.

그래서 아주 단순한 질문을 해도 아이들은 '얼음 땡' 놀이를 하듯 굳어 버린다.

"네 생각을 말해 볼래?"

"……."

"괜찮아, 말해 봐."

몇 번을 애걸하다시피 해야 겨우 의자에서 일어난다. 그러다 보니 심지어는 친구들이 "말해 봐! 말해 봐!" 또는 "괜찮아!" "괜찮아!"라며 응원 아닌 응원까지 해주어야 한다. 앉은 자리에서 저들끼리 웃고 떠들며 얘기할 때에는 아무리 선생님이 "조용히!"라고 사정하고 협박해도 다물어지지 않는 입인데 말이다. 하지만 선생님이 이름을 부르고 "일어나서 말해 보렴." 하고 시키면 김철수든, 이순

자든, 박아람이든, 최초롱이든 하 세월이다. 그 입을 열려면 여간 시간과 인내심이 필요하지 않다.

하지만 그 누가 우리의 봄친구들을 비난하고 꾸짖으랴! '맞고 틀림, 모두 똑같게!'에 목숨 거는 우리네 가치관과 사회풍조 탓인데. 게다가 이런 몹쓸 심판 방법에 길들여진 아이들 역시 보통의 생각과는 다른 의견을 말하거나 행동하는 친구가 있으면 대놓고 야유를 퍼붓거나 키득거린다. 그런데 어찌 당당하게 손을 들고, 제 의견을 말할 수 있으랴! 그러고 보면 우리 모두 같은 잘못을 저지르고선 비난은 상대에게 퍼붓고 있는 꼴이다.

- 밤은 하얀색이고, 아침은 까만색입니다.
- 피자는 둥근 게 아니라 납작합니다. 공처럼 생겨야 둥글다고 말할 수 있습니다.
- 우리나라는 단일민족이 아닙니다.
- 술과 담배가 몸에 나쁜 것만은 아닙니다.
- 이성과 섹스에 일찍 눈떠야 성숙한 어른이 될 수 있습니다.

– 인간은 진화하고 있는 게 아니라 오히려 퇴화하고 있거나, 다시 원시인의 상태로 돌아가고 있습니다.

– 인류는 평등할 수 없습니다. 생김새부터 너무 다르잖아요?

이런 주장과 질문에 어른들은 뭐라 답해 주지 않는다. "틀렸어!" "아니야!" "잘한다! 그러니 네가 그 모양이지!" "그런 쓸데없는 생각할 시간 있으면 공부해!"

어른들이 지식이 부족해서? 잘못된 교육방법을 갖고 있어서? 물론 아니다. 요즘 어른들은 우주의 탄생과 멸망 과정은 물론 아이돌 스타들의 신체 사이즈까지 꿰는 방대한 정보를 섭렵한 지식인들이다. 학교 선생님들보다 더 많이 배우고, 선생님들을 당황하게 할 정도로 다양하고 최첨단인 교육방법론을 알고 있는 전문가들이다. 한마디로 지금 그대들 곁에는 훌륭하신 어른들, 너무도 그대들을 사랑하는 어른들이 촘촘히 짠 대바구니의 살처럼 둘러서 있다. 그런데도 "네 생각을 말해 봐!"라고 하면 왜 그대들의 팔은 번쩍 올라가지 않고, 입은 하악 벌어지지 않을까?

이런 질문 앞에서 어른들은 교육제도를 말한다. 주입식 교육과 암기로 이루어지는 공부법, 시험지 몇 장으로 결정되는 석차, 상위권 학생들 위주의 수업, 학원과 과외에 대한 높은 의존도…… 게다가 미리 설정된 답안과 다르게 내 생각이나 답을 내놓았을 때 수용하지 못하는 흑백논리식의 사회 분위기까지 한몫하니 그 말이 옳기는 하다.

그렇다고 지금의 교육 시스템을 하루아침에 당장 뒤집어 놓거나 완전히 거부할 수는 없다. 개혁된 내일을 얘기하기에는 오늘 당장 여유가 없다. 지금의 제도에 맞추어 남들보다 뒤처지지 않으려 애쓰느라 정신이 없다. 그것은 우리들의 책 읽기가 어떻게 변화되어 왔는지를 보면 극명하게 드러난다.

우리가 초등학교에 들어가기 전에는 어땠는가? 부모들이 영어 공부도 시키고 영재놀이방도 보내면서 틈만 나면 유모차를 끌고서라도 책방에 가거나, 인터넷 서점을 샅샅이 뒤졌다. 온라인 학부모 커뮤니티도 방문하여 좋은 그림책을 찾아 구입하고, 함께 읽어 주었다. 주말에는 동네 도서관마다 부모 손을 잡고 온 어린아이들의 웃음 소리와 말소리로 더없이 행복한 장면이 연출된다. 젊은 아빠들의 도서관 출입도 잦다. 사서들은 주말만 되면 정신없이 바쁜 하루를 보낸다.

이제 우리가 초등학생이 되면 부모들의 열기가 조금 덜해진다. 그래도 우리의 손에 책을 들려 준다. "만화는 그만 봐라, 게임 좀 그만 하고 동화책 좀 읽어라." 하며 잔소리도 한다. 대형마트에 가면 우리를 책 코너에 내려놓고, 책 좀 읽고 있으라며 사라진다. 출판사들도 유치원과 저학년 어린이들을 위한 책을 많이 출간한다.

그런데 참 이상하게도 아이가 4학년 정도 되면 집집마다 갑작스런 변화를 시도한다. 적정 연령이 되면 "군대 앞으로 갓!" 하고 나라의 부름을 받는 것처럼, 4학년쯤 되면 아이들 대부분이 "학원 앞으로 갓!" 하는 명령에 따라 집을 나서고 학교를 나선다. '한국판 신 하멜른의 피리 부는 사나이' 한 판이 벌어지는 시대풍속도다.

그리고 이제부터 공부 시작, 다른 모든 활동 정지이다. 그나마 교과서 속에 몇 페이지 실린 문학작품을 읽는 것

에나마 감사해야 할 판이다. 그마저도 참고서나 문제집의 지나치게 친절하고 박제처럼 굳어진 설명과 풀이, 해설에서 벗어나서 감상하면 안 된다.

이런 악몽 같은 이야기는 유치원 때부터 시작되었다.

"오늘은 노래 부르기 대회 하는 날이죠. 솔별이부터 시작!"

"곰 세 마리가 한집에 있어. 엄마 곰, 아빠 곰, 아기 곰! 아빠 곰은 뚱뚱해, 엄마 곰도 뚱뚱해……."

"잠깐! 노래가 틀렸네. 엄마 곰은 날씬해라고 불러야지. 다시 불러 봐. '엄마 곰은 날씬해.'라고 말이야. 노래 가사를 틀리면 일등 못 해요."

초등학생, 중·고등학생이 되면 더욱 현실적인 지적이 쏟아진다.

"이 소설의 밑줄 친 부분은 평화에 대한 갈망으로 주인공이 총을 든 것을 상징한다."

"선생님, 저는 그렇게 생각하지 않아요. 한 여자에 대한 사랑 때문에 주인공이 전쟁터로 나간 것 같아요."

"틀렸어. 넌 이미 시험 문제 하나를 틀렸고, 그래서 전국 석차 만 등 이상은 떨어진 거야! 지금 그런 거 따질 시간이 어딨어? 나중에 어른 되면 네 마음대로 느끼고 싶은 대로 느끼고, 해석하고 싶은 대로 실컷 해석해. 지금 이 소설을 문학으로 생각하지 말란 말이야. 그럼 네 머리만 아파. 그냥 단순하게 시험 문제로만 생각해. 서울대도 못 가면서 문학 운운하고 따진들 세상이 널 알아주냐? 네가 교양인라고 점수를 더 준대? 그리고 네 삶이 행복해질 것 같아? 일단 대학에 들어간 다음에 문학을 하든 직접 글을 쓰든 맘대로 하라고!"

"그래도 이건 문학작품인데……."

"그래도 넌 틀렸고, 이건 시험에 나올 확률이 거의 백 프로란 말이야. 진도 방해 좀 그만 하지, 응?"

그렇다. 제도나 어른들이 이미 설정해 놓은 정답에서 벗어나면 점수를 받을 수 없다. 그러니 우리들은 번쩍번쩍 손을 들지 못한다. 손을 들고는 싶지만 머릿속에서 계산부터 하느라 바쁘다.

－ 내 말이 맞을까? 만약 틀리면 선생님이 바로 "땡! 틀렸습니다!"라고 할 텐데 그게 무슨 개망신이야?

－ 내 생각이 틀리면 어떡하지? 그럼 혼날 텐데…….

어른들은 아이들에게 창의성과 상상력을 펼치라고 웃으며 말하면서, 한편으로는 정해진 답을 대지 못 하면 가차 없이 "틀렸어!" 하고 쏘아 댄다. 그런 어른들에게 우리는 이렇게 묻는다.

"도대체 당신들은 얼마나 정답을 많이 맞히며 살았기에 그렇게 당당하세요? 우리에게 '넌, 틀렸어! 그건 정답이 아니거든!'이라고 외칠 때는 팔이 어쩜 그렇게도 번쩍번쩍 잘도 올라가나요? 우리의 머리와 어깨를 쓰다듬어 줄 때는 그렇게 인색하면서요!"

나만의 성에
갇힌 나에게

이야기 보통 대부분의 사람들은 자기 만족감에 안주하면서 잡지로 만든 상자 안에 감추어진 은색 벌레만큼이나 세상일에 관심을 갖지 않는다. 세상일에 대해 어떤 질문도 하지 않는다. 현대인은 자기 이익과 연루되지 않는 이상, 그저 텔레비전 스크린을 통해 관찰만 하는 세상의 일에 방관자가 되었다. 여기 한 사람이 있다. 그는 편안한 의자에 앉아 맛있는 음식을 즐기면서 우리 시대의 불길한 일들을 그저 눈앞에 지나가는 장면으로 지켜본다. 자신에게 무슨 일이 일어나고 있는지 깨닫지 못한 듯이 보인다. 세계가 불타고 있으며, 그도 그것으로 인해 막 불타 버리려고 한다는 것을 전혀 눈치채지 못하고 있다. 그와 같은 처지의 이웃 사람들도, 저 먼 나라 사람들도…… 그 모두가…… 세상이 병들고 불타고 있는 것을 영화처럼 바라보고만 있다. 빌리 그래함

뉴스 1 한국 청소년은 다양한 이웃과 조화롭게 살아가는 '사회적 상호작용 역량'이 세계 최하위 수준이라는 연구 결과가 나왔다. 한국청소년정책연구원은 2009년 국제교육협의회(IEA)가 세계의 중학교 2학년 학생 14만 600여 명을 설문한 국제 시민의식 교육연구(ICCS) 자료를 토대로 36개국 청소년의 사회적 상호작용 역량 지표를 계산한 결과, 한국이 35위에 그쳤다고 밝혔다. 사회역량 지표는 '관계 지향성' '사회적 협력' '갈등 관리' 3개 영역의 각 점수는 지역사회·학내 단체의 참여 실적, 공동체와 외국인에 대한 견해, 분쟁의 민주적 해결 절차 등을 묻는 설문 등의 결과를 반영했다. 한국 청소년은 지역사회단체와 학내 자치 단체에서 자율적으로 활동한 실적의 비중이 높은 '관계 지향성'과 '사회적 협력' 부문의 점수 모두 36개

국 중 최하위였다. 반면, 갈등의 민주적 해결 절차와 관련한 '지식'을 중시한 '갈등 관리' 영역에서만 점수가 높았다. 정부와 학교에 대한 신뢰도도 한국 청소년은 20%에 불과해 참여국의 평균치인 62%의 3분의 1에 불과했다. 학교를 믿느냐는 질문에도 45%만 '그렇다'고 답해 ICCS 평균인 75%보다 훨씬 낮았다.

연합뉴스

요즈음 어른들이 모인 자리에서 빠지지 않는 이야기가 하나 있다. 바로 우리나라 청소년 의식문제이다. 늦은 저녁, 음식점에서 중년의 아저씨 넷이 소주 한 잔씩을 반주로 곁들이며 이야기를 나누고 있다. 그들은 한참 직장 이야기를 나누다가 화제를 옮긴다.

"뉴스 봤어?(요즘은 뉴스 '읽었어'라는 표현을 거의 들을 수 없다.) 하여튼 우리나라 애들은 우리 집이나 다른 집이나 다 문제야, 문제!"

"왜 또? 누구네 애가 가출이라도 한 거야?"

"그게 아니라, 우리나라 애들이 세계에서 가장 못되고 싸가지 없는 이기주의자들이라는 뉴스 말이야!"

"아하, 그거! 당연한 일이지, 뭐! 요즘 우리 애들 무슨 생각 하고 사는 줄 알아! 그저 춤이나 추고, 연예인들 뒤나 따라다니고, 지 부모 속여서 돈 빼갈 궁리나 하잖아. 남들을 생각하고 살아? 쳇, 지 부모들 생각도 안 하는 녀석들한테 뭘 기대해?"

"맞아. 어저께 우리 집에 무슨 난리가 난 줄 알아? 글쎄, 아들놈이 말이야, 엄마가 제 운동화를 말도 없이 빨았다고 집 안을 발칵 뒤집어 놓은 거야. 뭐, 빨면 안 되는 운동화라나! 드라이크리닝해야 되는 신발이라나! 아니, 지 엄마가 기껏 생각해서 회사 갔다 오자마자 힘든데도 빨아 놨더니, 엄마를 아주 잡더라고, 잡아!"

"이 양반아, 요즘 애들이 다 그렇지. 자기만 알잖아. 우리 딸년은 어떤데! 우리 앞집에 같은 반 여자애가 사는데, 우리 딸이 언제부턴가 그 애랑 도통 인사도 안 하고, 말도 안 하는 거야. 이상해서 왜 그러냐고 물었더니 뭐라는 줄 알아?"

"뭐라는데?(나머지 세 아저씨의 눈이 한곳으로 모였다.)"

"그 애랑 제과회사에 견학 갔을 때 싸웠는데, 그 일로 평생 원수처럼 살 거라고 결심했다는 거야. 그런데 그게 무슨 일인 줄 알아? 점심 먹고 쉬는 시간에 장기자랑을 했대. 회사에서 준비한 과자세트를 선물로 받는 건데 글쎄, 그 애가 춤을 못 춰서 자기 팀이 아예 장려상도 못 받았다는 거지. 그런데 웃기는 건 그 애는 우리 딸 잘못이라고 생각한다는 거야. 그래서 정말 원수처럼 지낸다니까! 그 바람에 어른들까지 서먹해져서 얼굴 볼 때마다 얼마나 불편한지……."

"그렇다고 어른들마저 이웃 간에 그렇게 지낸다고? 이 사람아, 어른들이라도 풀어야지! 그게 뭐야? 애들이 어떻게 생각하겠어? 애들 속마음은 그게 아닐 거야!"

"몰라, 몰라! 나도 하루하루 사는 게 힘든데, 애들끼리 싸우든 지지고 볶든 지들이 알아서 하겠지. 이제 어린 애들도 아닌데! 그렇게 크는 거 아니겠어? 우리도 그렇게 살아왔잖아!"

"그건 그렇지만…… 그렇게 사는 게 옳은 건 아니잖아.

문제는 그 진리를 이제 와서 깨달았다는 거지만! 참, 내일 비 온다는데 우리나라는 방사능 괜찮을까?"

중년의 아저씨들, 즉 우리들의 아버지들은 다시 화제를 옮긴다. 그리고 술잔을 비우고, 채운다.

때때로 어른들은 냉정하다 못해 무자비하다. 청소년 둔제 관련 뉴스가 나오면 날카로운 혀로 비판한다. 대한민국 청소년들을 차갑게 나무란다. 날 선 칼처럼 단호한 비난의 말이 줄을 잇는다.

"희망 없어, 요즘 애들!"

"사고나 안치고, 학교나 빠지지 않으면 '감사합니다, 자식님!' 할 판이야."

더도 말고, 덜도 말고 오늘 뉴스만 살펴보자. 이젠 신물이 나는 단어로 시작되는 사건 사고로 그득하다. 뇌물, 음모, 협박, 폭력, 방화, 사기, 도주, 편법, 경고, 구타, 가혹행위, 분쟁, 관계악화, 스캔들, 스폰서, 세금비리, 비자금 의혹, 납품 비리, 악성루머, 시험지 유출, 답안지 빼내어, 성적조작, 아파트값 올리려고, 서민 울리는, 술김에,

홧김에, 묻지 마 범죄, 아님 말고 식의, 내 식구 감싸 주기 수사로, 봐주기 관행으로, 집단관음증 현상으로, 나만 아니면 된다는 식의, 물 타기 작전으로, 편 가르기 식의······.

그리고 차마 쓰기 힘든 온갖 추악하고 잔인한 성 관련 뉴스들과 그 중심에 서 있는 부끄러운 주인공들. 그 아름답지 못한 주인공들이 정치·경제계 인사들만이 아니다. 종교·교육 등 거의 모든 분야의 어른들이, 지도층 인사들이 아주 골고루(?) 냄새나고 더럽고 무서운 사건의 주인공들이며 범인들이 되어 뉴스의 자리를 차지하고 있다.

그러면서도 어른들은 혀를 찬다.

"왜 요즘 애들은 이럴까요?"

연구도 한다.

"요즘 애들은 대부분 외동이들이라서······."

"요즘 애들은 태어나는 순간, 병원 수술실의 눈부신 불빛과 차가운 메스 소리부터 듣게 되는 데다가 치열한 경쟁 속에서······."

방법도 내놓는다.

"아이들의 정서 순화를 위해서는 우선 교육환경부터 개선해야 하는데……."

"요즘 부쩍 늘고 있는 주의력결핍 과잉행동장애(ADHD)아들을 치료하기 위해서는 약물치료가 우선이고, 또 놀이치료, 학습치료, 그리고……."

이렇게 어른들은 '아이들을 위해 고민하고, 연구하는데, 왜 아이들은 변하지 않을까?'라며 한숨 쉰다.

이때 생각나는 이야기가 있다. 두 남자가 일을 열심히 한 다음에 집에 돌아가려고 준비를 했다. 한 사람은 얼굴이 깨끗하고, 또 한 사람은 더러워진 얼굴을 하고 있었다. 하지만 정작 집에 가기 전에 급히 세수를 한 사람은 얼굴이 깨끗한 남자였다. 왜 그랬을까? 그 남자는 상대방의 더러워진 얼굴을 보고 자기도 그런 줄 알고 세수를 한 것이다. 하지만 더러운 얼굴의 남자는 상대방의 깨끗한 얼굴을 보고, 자기도 괜찮은 줄 알고 세수할 필요를 못 느낀 것이다.

자, 사람의 관계가 이렇게만 이어진다면 우리 사회가

지금보다는 평화롭고 때로는 유쾌하게 꾸려질 것이다.
하지만 이것은 판타지 세계에서만 가능할까? 굳이 별의
별 예를 들지 않더라도 그런 식으로 사회가 성숙해지기
는 참 힘들다는 사실을 어른들은 잘 안다. 그러면서도 우
리들에게 교과서와 여러 분야의 책들 속에서 다음과 같
이 요구한다.

- 함께 사는 사회가 가장 아름다운 사회입니다.
- 성숙한 공동체 문화를 이루려면 나의 양보와 이해,
  때로는 희생도 필요합니다.
- 선진 문화 사회는 나보다 남을, 내 가정보다 내 이웃
  을 먼저 배려하는 데서 출발합니다.

그러나 막상 아이들의 얼굴을 마주 보는 어른들의 입
에서는 다른 말이 나온다.

"그걸 네가 왜 해? 너는 공부나 해. 너 아니라도 할 애
들 많아!"

"너 하나 그거 안 한다고 학교(또는 어떤 협력의 일이나
행사) 문 닫지(망하지) 않거든. 너는 어서 학원이나 가! 내
일 모레가 시험이잖아!"

이렇게 말하며 우리들의 등을 떼민다. 학교로, 학원으로, 참고서와 문제지 속으로. 그리고 '나!' '나!' '나!'라는 문을 통해, '나 만!' '나 하나만!' '나 혼자만!'이라는 성 안으로 들여보낸다. 아이에게 '대학 갈 때까지 절대 밖으로 나오지 말 것. 어떤 사람이 와도 절대 문을 열어 주면 안 됨!'이라는 절대명령을 내린다. 그리고 성문을 꼭 닫는다, 걸어 잠근다. 문에 마법을 건다. '대학 합격!' 소식이 오면 문은 저절로 열린다. 아이는 그 나만의 성 안에서 공부만 하면서 청춘의 첫 시기를 보낸다. 그래야 어른들은 마음을 놓는다.

"관계 지향성? 우선 네가 잘돼야 관계도 잘 이루어지는 거 아니겠니? 네 인생이 비루하면 이 세상에서 무슨 좋은 관계가 이루어지겠어? 그러니까 일단 모든 걸 미루고 네가 잘되는 방법을 찾아야지. 그런 의미에서 너는 학생이니까 공부만 하면 돼! 공부 잘해서 좋은 대학 가면 그 다음부터는 가만있어도 네 주변의 모든 관계는 다 너에게 지향할 거야! 그러니까 공부, 공부하란 말이야!"

아이가 어른들에게 묻는다.

"그럼 사회적 협력은요?"

"그것도 마찬가지야! 왜냐하면……."

어른은 위풍당당 다음 말을 잇는다.

"그렇지. 너, 말 잘했다. 사회적 협력이란 것도 마찬가지지. 내 사회적 신분이 상위급이면 사회적 협력관계도 그 수준에서 이루어지는 거야. 그런데 내 신분이 하위층이면 평생 하위층 그룹과만 사회적 협력관계가 이루어지지 않겠니? 그러니까 일단 내가 잘되어야 해"

"유럽 영화 보면 그런 거 따지지 않고 사람들이 사회적 관계를 잘 유지하는 것 같은데요? 판사가 청소부와 친구도 되고, 대학 총장이 구두 수선공이랑 커피도 마시면서요? 또 여자 의사가 택시 운전사와 연애도 하고……."

"그건 네 말대로 유럽 얘기고! 우리나라는 달라. 하다못해 예쁜 여자랑 못생긴 남자가 연애만 해도 뉴스거리가 되잖아. 그런데 하물며 사회적 조건이 다른 사람끼리 친분관계를 맺거나 사랑을 한다면 오죽하겠니? 그래서 사람들은 부단히 신분상승을 꿈꾸는 거지. 대표적인 케이스로 학력위조 사건 같은 게 왜 끊임없이 나오겠니? 몇몇 사람을 시범 케이스로 처벌하고 거의 사회적으로 매장시켜도 되풀이되잖아. 사회가 원하는 어떤 수준 이상의 자격 요건, 요즘 말로 스펙(Specification의 준말로 2004년부터 국립국어원 신조어로 등록되었다. 구직자들 사이에서 학력과 학점, 토익 점수 외 영어 자격증, 그 외 관련 자격증들을 총칭한다. 이들은 공통적으로 구직자 자신의 능력을 증명할 수 있는 요소이다. 대부분의 기업들은 이 스펙들을 바탕으로 구직자를 평가한다. 이 스펙은 대한민국 대학생들 사이에 하나의 부담 요소로 작용하고 있다.)이 없으면 사회적 협력관계는 고사하고, 사회적으로 한 단계 올라서는 게 너무 힘들어서 그런 거야.˝

아이는 고개를 끄덕인다. 생각한다. 굳이 '사회'까지 나가지 않아도 학교에서, 학원에서 비슷한 일을 자주 경험하기 때문이다. 학교에 입학할 때에도 그랬다. 각 초등학교에서 보낸 성적을 가지고 중학교에서는 상위 10프로의 학생을 골라냈다. 300명이면 30명을. 이뿐인가. 그 10프로에서 또 1프로를 선발해 상장과 장학금을 주었다. 학교마다 조금씩 상황은 다르지만 이렇게 첫 출발선에 선

아이들을 성적으로 나누기는 마찬가지다. 새로 맞춘 비싼 교복의 옷감 냄새가 아직도 가시지 않았는데 시험부터 치른다. '누가누가 잘하나?'를 알아낸 다음, 우리들을 관리하기 위해서란다. 고등학교에 들어가면 더 치열하게 우리들은 관리를 받는다.

올해 우리 학교에 들어온 학생들의 정서적·심리적 성향은 어떠한지, 무엇을 가장 힘들어하고, 하고 싶어 하며, 하기 싫어하는지, 학교생활에 어려움은 없는지, 학교와 선생님들에게 말하고 싶은 게 무언지, 모두들 정말 대학만이 목표인지, 진정 아이들이 소망하는 미래는 무엇인지에 대한 설문조사도, 토론도, 그에 대한 학부모와의 만남의 시간도 전혀 없다. 어쩌면 부모들이 바라지 않기에 눈치를 보는지도 모른다. 그래서 학교마다 어떻게 열심히, 때로는 혹독하게 공부를 시키며, 얼마나 선생님들이 열렬히 아이들의 학습을 돕는지만 줄줄이 이야기하는지도 모른다.

입학식 날, 뒤에 것은 다 잊고 새 출발을 하라고 교장

선생님은 목이 터져라 말씀했다. 그런데 막상 어른들은 뒤에 것을 기준으로 우리 앞의 길마저 간섭하고, 알아서 미리 결정해 놓는다. 그러다 보니 우리는 서로 얼굴도 익히기 전에—앞으로 큰 역전의 변수가 생기지 않는 이상—이미 설정된 등수 관계 속에서 우리들 세계 속의 사회적 관계를 이룬다.

아이는 마지막 질문을 한다.

"그래도 우리나라 아이들이 민주적 해결 절차와 관련한 '지식'을 중시한 '갈등 관리' 영역에서는 점수가 높았대요. 그건 그래도 우리들에게 양심이나 타인에 대한 배려, 함께 잘 살아가려는 정신이 많다는 거 아닐까요?"

어른이 웃는다.

"네가 말한 문장 속에 '지식'이란 단어가 있잖아. 아이들은 잘 배워서 지식은 풍부하지. 왜냐하면 시험에 나오니까 일단 외웠거든. 하지만 삶의 현장 속에서 그 지식을 현실적인 해결의 열쇠로 쓸 수 있느냐가 문제야. 그러지 못하니까 왕따 현상도 생기는 게 아닐까? 결국 너희들의 문제는 곧 우리 사회와 어른들의 문제라는 거지."

아이는 얼굴을 붉힌다. 며칠 전 같은 반의 친구 '칸'을 놀린 적이 있기 때문이다. 미술 시간에 모두들 사람 얼굴에 살구색을 칠했는데, 아빠가 파키스탄 사람인 칸은 노란색으로 칠했다. 그걸 보고 아이들이 비웃었다.

"사람 얼굴을 노란색으로 칠했어! 너희는 카레를 먹으니까 똥도 노란색이지? 그러니까 너희 나라 사람들은 얼굴이 똥색이네!"

아이는 저도 모르게 고개를 젓는다. 그때, 어른이 한 팔로 아이를 안는다.

"무슨 생각을 하니? 어쨌든 너희들 모습을 보면 바로 우리 어른들이 저렇게 살아가고 있구나 하는 생각이 들지. 그래서 더 조심하고, 한 번 더 생각하면서 살아야 하는데 그게 잘 안되는구나."

아이도 말한다.

"맞아요, 어느 순간에는 우리가 어른들의 '따라쟁이 로봇' 같기도 해요. 어른들이 저지르는 온갖 나쁜 일들을 보면서 화를 내기도 하고 욕도 많이 해요. 그러면서도 어느새 어른들을 따라하고 있는 걸 보면……."

"그래도 우리는 행복한 사람들이야. 이런 얘기도 할 수 있으니 말이야. 이 정도면 관계 갈등, 사회적 관계, 뭐 이런 면에서 높은 점수를 받지 않을까?"

"점수요? 우우, 제발 이런 얘기에서마저 점수라는 말은 하지 마세요!"

아이는 웃는 듯하다가 머리를 세차게 흔든다. 나도 너도 우리도 점수로 평가받아야 한다면 도대체 인생낙제생 아닌 사람이 몇이나 될까?

사랑은 달콤하다,
그러나

이야기 1 보이오티아의 강의 신 케피소스와 님프 리리오페 사이에서 아들이 태어났다. 나르키소스의 아름다운 외모는 아가씨들은 물론 님프들마저 사랑을 고백하게 했다. 하지만 그는 거들떠보지도 않았다. 아메이니아스는 사랑을 거절당하자 나르키소스가 준 칼로 자살하였다. 숲과 샘의 님프인 에코도 그를 사랑했지만, 나르키소스로부터 무시당하자 실의에 잠겨 여위어 가다가 형체는 사라지고 메아리만 남게 되었다. 나르키소스에게 사랑을 거절당한 이들 가운데 하나(또는 에코라고도 함.)

가 복수의 여신 네메시스에게 나르키소스도 사랑의 고통을 겪게 해 달라고 빌었다. 어느 날, 헬리콘 산에서 사냥을 하던 나르키소스는 목이 말라 샘으로 갔다가 물에 비친 자신의 아름다운 모습을 사랑하게 되어 한 발짝도 떠나지 못하고 샘만 들여다보다가 마침내 탈진하여 죽었다. 또는 샘물에 빠져 죽었다고도 한다. 그가 죽은 자리에는 시신 대신 한 송이 꽃이 피어났는데, 그의 이름을 따서 나르키소스(수선화)라고 부르게 되었다. 정신분석에서 자기애(自己愛)를 뜻하는 나르시시즘도 나르키소스의 이름에서 유래한 것이다.—나르키소스[Narcissus] 그리스신화에 나오는 테스피아이의 미소년. 원어명 Narkissos(그)

이야기 2 화이트데이는 한국, 일본, 대만에서 3월 14일에 지내는 기념일. 밸런타인데이에는 여자가 남자에게, 화이트데이에는 남자가 여자에게 선물을 준다. 화이트데이의 기원에 대해서는 여러 가지 이야기가 있는데, 1965년에 일본의 마시멜로 제조업자가 만들었다는 설이 유력하다. 그래서 처음에는 '마시멜로데이'였다고 한다. 화이트데이와 밸런타인데이 때에 사랑의 선물을 주고받지 못한 남녀는 4월 14일, 블랙데이에 모

'사춘기 시절, 성적 다음으로 가슴을 아리게 하거나 쉴
레게 하는 것은 이성문제이다.'라고 말하는 어른들은 뭘
몰라도 한참 모른다. 아니 마치 이성문제를 사춘기 아이
들에게만 절실한 사안으로 매도(?)한다.

지금 당장이라도 이성과 성에 관련된 어른들의 온갖
뉴스를 검색해 보시라. 나이, 성별, 학벌, 경제력, 사회적
지위, 지역, 그리고 건강 등등 모든 경우의 수를 뛰어넘어
하루도 빠짐없이 뉴스나 가십거리로 나돈다. 결국 이성
의 문제, 사랑 이야기는 사춘기 아이들만의 고민이거나
어느 특정 연령에 나타나는 심리적 발달단계가 아니라는
말이다. 어릴 적 해님 유치원에서부터 세월이 흘러흘러
달빛 실버타운으로 가는 동안 쉼 없이 이어지는 삶의 벗
중 하나가 사랑이리라!

며칠 전, 어느 찻집에서 나는 옆자리에 앉은 엄마들의

이야기에 우연히 귀를 기울이게 되었다. 어머니들은 자식들의 입학 이야기로 목소리를 높였다. 가장 큰 화젯거리는 남녀공학, 또는 남녀합반인 듯했다.

"철수네 학교는 남자만 다니는 중학교라며?"

"그럼 학교가 완전 난장판 아닐까? 깡패 같은 애들도 있는 거 아니야?"

"맞아. 애들은 남녀를 같이 섞어 놓아야 서로 잘 보이려고 공부도 열심히 하고, 싸움도 덜 하는데."

"그러면 미미는 남녀공학이라서 다행이네."

"그것도 문제야. 벌써부터 연애하면 어떡해?"

"그럼 어쩌라고?"

"애들이 초등학생 때만 해도 서로 사귄대도 별로 걱정을 안 했거든. 어린 것들이 사귀어 봤자 무슨 짓을 하겠어. 그런데 이젠 중학생이 되니까 덩치가 커진 만큼 걱정도 커지는 거 있지."

"나도 같은 맘이야. 하도 드라마에서 키스 신이니, 목욕 신을 아무렇지 않게 보여 주고, 그걸 멋있고 세련된 사람들의 이미지처럼 보여 주니까, 애들이 당연하게 여기는 것 같아."

"맞아! 우리 때에는 남녀가 만나서 서로 좋아하는 마음을 고백하는 데만도 얼마나 시간이 걸렸니? 그리고 키스? 그런 거 하면 거의 결혼까지 해야 하는 줄 알았잖아."

"그러니까 남학교이든, 남녀공학이든 그게 문제가 아니야. 그저 중학생이 되었다는 자체가 문제야. 우리 아들은 어저께 하도 말을 안 들어서 손으로 등을 한 대 때리려고 했더니, 얼른 내 팔목을 잡는 거야. 그런데…… 기가 각혀서! 힘을 못 쓰겠더라고! 그때 우리 아들이 뭐라는 줄 알아? '엄마! 이제는 이런 거 하지 마시죠? 나, 이제 엄마 아들 아니고, 수지 남친이거든요.' 이러는 거야. 나 이제 어떡하면 좋아?"

"그러게 말이야. 남의 일이 아니다. 초등학교 때가 좋았는데! 그때는 그래도 내 품에서 내 마음대로 했는데."

엄마들의 한숨은 커피와 함께 차갑게 식어 갔다.

정작 엄마들이 이런 걱정을 하는 동안 아이들은 무슨 생각으로 움직이고 있을까? 어른들은 이런 말을 곧잘 한다. "세상에는 딱 두 가지 종류의 인간이 있지. 공부를 잘 하거나 못하는 인간! 예쁘거나 못 생기거나! 잘 살거나 못 살거나! 착하거나 나쁘거나! 애인이 있거나 없거나! 술을 마시거나 못 마시거나!" 하고 말한다.

그러나 우리는 그렇게 말하지 않는다. "세상에는 딱 세 종류의 사람이 있지. 공부를 잘하거나 못하거나 이도 저 도 아니거나! 못생기거나 잘생기거나 이도 저도 아니게 생기거나! 범생이거나 놀탱이(공부 잘 안 하고 노는 아이들) 거나 아니면 범놀이거나! 여친(남친)이 있거나 없거나 아 니면 있는지 없는지 애매한 아이거나!"

이런 '어중'의 상태에서 아이들은 스스로에게 묻고, 친 구들과 이야기한다.

"이번 화이트데이가 남친이랑 만난 백 일째인데 키스 해도 될까? 그런데 화이트데이니까 내가 먼저 키스하자 고 해야 되나?"

"뭐? 나는 첫날 했는데! 별 거 아니야. 첫날 해 봐야 백 일을 갈 건지 그냥 끝낼 건지 결정할 수 있는 거 아니니?"

"그러다가 키스 말고 이차, 삼차 진도 나가자고 하면 어쩔 건데? 준비는 하고 키스를 하든 말든 해야지!"

공중 화장실 거울 앞에서 여학생들이 화장을 하며 이야기를 나누고 있다. 봄에 올라온 새싹처럼 짧고 가느다란 속눈썹에 시커먼 마스카라를 바른다. 웃을 때마다 여린 눈꺼풀이 봄바람에 살살 흔들리는 아기 잎 같은데 자꾸 그 위에 세상의 찌끼와 먼지를 듬뿍 올려놓는 듯하다. 세상이 아무리 혼탁하고 뒤죽박죽해도 그네들의 고운 속눈썹만큼은 순결과 미성숙, 정직과 눈물, 착함과 실수…… 이런 미덕과 사랑스러운 시행착오를 거치며 세상을 정화시켜 나갈 힘이 있어 보인다. 하지만 자꾸 그 눈썹 위에 세상의 검고 무거운 커튼을 치려는 듯해서 안타깝다.

이번엔 얼굴에 난 솜털을 마구 짓누르며 분을 바른다. 솜털들이 외친다.

  – 언니들, 우리 숨 막혀요! 우리가 건강해야 얼굴이 더
    예뻐 보여요!

  – 우리 좀 살려 주세요. 솜털이 얼마나 대단한 특권인

줄 아세요? 어른들처럼 세상 때가 덕지덕지 붙으면 성형수술로도 못 만들어요. 연예인들이 아무리 성형 수술 해도 솜털은 못 만든다고요. 그러니까 우리를 그냥 놔두세요!

그러나 여학생들은 즐거운 얼굴로 서로 먼저 분칠을 하려고 애쓴다. 누가 더 하얗게, 누가 더 뽀얗게, 누가 더 곱게 할지 경쟁하면서. 마지막으로 입술을 바른다. 키스를 부르는 입술, 연인의 마음을 훔치는 입술, 봄의 요정으로 만들어 주는 입술이라는 광고를 날마다 퍼붓는 화장품 회사의 립스틱을 입술에 바른다. 서로의 입술을 보며 한마디씩 한다.

"이 정도면 남친이 놀라겠지?"

"좀 촌스러운 것 같은데?"

"너는 드라큘라가 피 빨아 먹고 난 것 같아!"

"왜 이래? 이래 뵈도 이게 요즘 대세인 핫핑크 립스틱이야! 남자들은 분홍색에 가장 흔들린대!"

화장을 마친 여학생들은 저마다 알록달록한 비닐봉투에서 무언가를 꺼낸다. 화장실에 들어오기 전 쇼핑몰에서 사온 옷과 장식품들이다.

"이건 AA가 그 드라마에서 입고 나온 스커트야!"

"이건 BB가 머리에 꽂고 나왔던 헤어핀이야."

"이건 CC가 인기가요 프로에 신고 나온 운동화야."

이리저리 넘어질 듯 비틀거리거나, 후다닥 화장실 안을 들락거리며 치마를 입고, 운동화를 갈아 신고, 셔츠를 바꾸고, 머리에 핀을 꽂는다.

이제 준비 완료!

가슴 설레는 이성 친구를 만나기 위해 냄새나고 지저분한 화장실 문을 박차고 햇살 눈부신 거리로 나선다. 밀린 숙제? 내일이 있잖아! 시험공부? 내일이 있거든! 엄마한테 혼나면? 그건 내일 일이잖아! 우리는 오늘 즐거우면 돼. 지금 기분 짱이면 되는 거 아니야?

남학생들도 마찬가지이다. 좋아하는 여자 친구에게 이벤트를 해 주고 싶어 돈을 모은다. 초콜릿복근은 아니더라도 쫄티와 스키니진 정도는 입을 수 있는 몸매를 위해 밥도 굶는다. 친구도 모르게 화장품을 사서 바른다. 연예인처럼 '로션 하나만 발랐을 뿐인데……'라는 놀라운 변화를 기대하며!

남들이 모두 쳐다볼 정도로 예쁜 여친이 생기면 친구들에게 영웅대접 받는 것쯤은 알기에 기회를 놓치지 않으려 애쓴다. 얼굴 예쁜 여자애가 착한 거고, 착한 여자애란 곧 얼굴이 예쁜 거라는 21세기 신(新) 속담을 믿으며, 친구들과 함께 거리로 나선다.

봄 햇살이 눈부시다. 부러울 게 없다. 공부는 내일 하면 된다. 숙제도 내일 하면 된다. 엄마한테 야단도 내일 맞을 거다. 죽든 살든, 울든 웃든, 혼나든 대들든…… 내일 다 하면 돼!

예쁘게 단장하고 나온 여학생들과 주머니에 돈을 챙겨 온 남학생들은 웃는 얼굴로 마주 앉는다. 지금 행복하면 그만이지! 아주 다행이지! 그게 목적이지! 내일 행복한 게 무슨 소용이야? 내일 행복한 적 별로 없었거든. 내일은 늘 숙제와 공부, 학교 가고 학원 가고, 야단맞거나 잔소리 듣는 게 전부잖아!

아이들은 알고 있다. 예쁜 모습만 보여 주고, 예쁜 이야기만 나누고, 예쁜 몸짓만 하게 하는 사랑. 그 달콤한 남녀 관계가 물질 없이는 이루어질 수 없다고 알고 있고, 그렇게 믿는다.

- 전셋값 폭등으로 결혼식도 미루는 사태 속출!
- 실업률 급증으로 결혼을 포기하는 남성들이 점점 늘고 있다.
- 애인에게 줄 선물을 절도하다 잡힌 남학생들.
- 가장들의 실직으로 이혼률 증가.
- 학교마다 비싼 브랜드 옷이나 가방 분실사고가 늘고 있다.
- 밸런타인데이(화이트데이)에 제과점에서 초콜릿(사탕)을 훔치다가 잡힌 청소년들.

아이들은 날마다 인터넷을 열 때마다 보기 싫어도 봐야 하고, 듣기 싫어도 들어야 하는 세상 소식에 마음이 멍든다. 가슴이 비뚤어진다. 입술이 곱게 열리지 않는다.

어른들의 교활한 상술과 세상의 교묘한 사랑 방식에 아이들은 저도 모르게 끌려가고, 배우고 따라간다. 사랑하는 이를 만나고 싶으면 한밤중이든 대낮이든 멋진 자가용을 쉬잉 몰고 가서 초인종만 딩동 하고 누르면 된다. 그럴 자가용이 없으면 대학생이나 직장인들은 소개팅도 못 나간다.

'예쁘면 최고야. 능력 있는 남자, 집안 좋은 남자 만날 수 있거든. 드라마 보면 답이 나오잖아. 애 있는 이혼녀도 예쁘면 재벌 2세 총각이랑 결혼하잖아. 오히려 남자 쪽에서 결혼해 달라고 매달리잖아! 그래서 서양 속담에 사랑도 빵이랑 함께하면 맛있다는 말이 있는 거야. 배고픈데 무슨 사랑이야! 돈이 없는데 어떻게 연애 하고 결혼을 해?'라고 생각한다.

- 아이들은 사랑하는 사람과 가슴 뛰는 첫 키스를 하기도 전에, 좋아하는 이성 친구의 떨리는 손을 살포시 잡기도 전에,
- 그 사람의 다정한 숨소리를 듣기도 전에, 그 사람의 마음속 이야기를 가슴으로 받아들이기도 전에,
- 그 아이의 발자국 소리가 어떤 새의 노랫소리를 닮았는지 알기도 전에, 그 아이의 머리카락 빛깔이 햇

살 속에서 어떻게 반짝이는지 알기도 전에,

─ 그 친구의 고민과 염려하는 게 무언지 묻기도 전에,

그 친구의 웃음소리가 언제 가장 크고 유쾌한지 구
별하기도 전에,

아이들은 제 얼굴의 분칠이 얼마나 잘 되었는지, 치마
길이가 얼마나 짧은지가 더 큰 관심사다. 제 주머니 속사
정이 어떠한지, 이벤트는 어떻게 해야 되는지가 먼저 걱
정된다.

그렇다고 부모의 순수했던 만남 이야기를─전설처럼
각색되었을지언정─들어 본 적도 없다. 선생님들에게 첫
사랑 이야기를 들려 달라고 졸랐다가는 희롱 죄로 몰린
다. 어른들은 그네들의 사랑 이야기를 들려 달라고 하면
진저리를 친다.

"사랑은 무슨! 그냥 어떡하다 보니까 같이 살게 됐지."

"너희는 결혼하지 말고 연애나 해라. 가족이 생기는 순
간, 지옥이다."

"공부나 열심히 해! 예쁜 여자, 능력 있는 남자 만나는

건 완전 성적순이야! 그래서 우리 반 표어가 '지금의 성적이 배우자의 외모와 능력을 결정한다!'잖아."

유치원 때부터 귀가 닳도록 성교육 시키더니, 이제 와서 '너희들은 피가 끓는 사춘기다.'라고 명명하면서도 정작 어른들은 사랑에 대해 말해 주지 않는다. 그래서 아이들은 드라마를 통해서 사랑을 배운다.

비정상적인 가족 관계, 물질의 신인 맘먼이 지배하는 사랑, 개그맨의 말처럼 '외모든 권력이든 일등만 쟁취하는' 뒤틀린 지배구조 속에서의 사랑을 배우며 아이들은 몸부림친다. 빵을 풍족히 먹으며 할 수 있는 사랑만이 '진짜, 대박, 완죤' 사랑이라고!

슬프다!

아프다!

사춘기에 접어든 우리들은 말한다.

문제집 첫 장을 펼칠 때, 차라리―그것이 판타지일지언정―그 다음 장에는 사랑의 휴식시간이 펼쳐지길 바란다고!

학원 문을 들어설 때에—그것이 유치하다고 놀림 받을 지언정—이성 친구와 다정히 이야기 나눌 수 있는 풀밭이기를!

달마다 교실 벽에 시험 성적 순위표가 붙을 때—그것이 허황된 꿈이라고 꾸중 들을지언정—좋아하는 사람의 초대편지이기를!

하지만 현실은 문제집 풀기이고, 시험 성적 올리기이며, 학교와 학원 빠지지 않기이다. 싫어도, 힘들어도 통과 의례처럼 거쳐야 하는 삶의 한 과정이라고. 어른들은 이렇게밖에 말해 줄 수 없다. 왜냐하면 사랑에도 '수고take the trouble (to do), make the an efforts (to do)'가 필요하기 때문이다. 그래서 '사랑은 달콤하다. 그러나 빵과 함께 가장 좋은 맛을 낸다.(Love is sweet, but tastes best with bread.)'라는 말이 있는 것이다.

우리들의 사랑이 한 번의 짧은 이벤트나 한순간 반짝 빛나고 사라지는 불빛으로 끝나지 않기 위해서는 '사랑의 수고'가 필요하다. 그것이 부모에게는 가정에 대한 헌신, 일에 대한 몰두라면, 우리들에게는 학생으로서 할 수 있는 공부, 인내, 그리고 미래에 대한 꿈이리라! 그래서 사랑을 위한 나만의 빵을 더 맛있고, 고소하며, 달콤하게 구워 낼 수 있으리라!

사춘기 친구들아! 더 이상 사악한 상술의 사랑놀이에 희생되지 말자. 온갖 비정상적인 애정 드라마의 사랑밭에 빠져 현실의 일탈자가 되지 말자! 우정이든 애정이든 진정한 사랑은 지금 잠시 힘든 과정을 거치는 사랑의 스고로 얻어지는 빵과 함께한다는 사실을 알자!

봄, 그대들의 가슴이 점점 커지고 있다!

햇살, 그대들의 미래의 '빵'이 점점 달콤하게 구워지길 바라며!

잔소리만 없으면
나도 자발성 대왕!

개그 사전　　잔소리nitpicking　옳은 말을 듣기 싫게 하는 것.

사전　　자발성自發性. spontaneity　남의 명령이나 영향에 의하지 아니하고, 자기 내부의 원인과 힘에 의하여 사고나 행위가 이루어지는 특성.

이야기　　중국의 전반적인 경제를 이끈 개혁가 중 한 사람이 주룽지다. 많은 중국인들이 주룽지의 개혁에 열광하고 지지한 것은 그가 중국인들에게서 자발성을 끌어냈기 때문이었다. 주룽지개혁의 핵심은 한마디로 "중국 공산당이 자랑하던 '철밥통' (iron rice bowls)을 깨버린 것"이라 할 수 있다. 주룽지는 경쟁과 효율이 없으면, 철밥통은 깨질 수 있다는 정책을 펼쳤다. 이것이 중국인들에게 자발성을 불러일으켰고, 중국을 경쟁력 있는 국가로 변신하게 만든 원동력이 됐다.

뉴스 싱가포르의 '새 공원(bird park)'에는 유니세프 동전 모금함이 있다. 이 동전함은 동전을 집어넣으면 곧장 밑으로 떨어지지 않고, 원뿔형의 원통을 따라 약 30초 정도를 돌다가 떨어진다. 사람들은 이 장치가 주는 재미에 빠져 저도 모르게 자꾸 동전을 넣는데, 이런 재미가 없다면, 사람들이 많은 돈을 넣을까? 재미를 추구하는 자발성을 이용한 것이다.

껌 쓰레기가 많아서 해마다 엄청난 예산과 청소부를 동원하여 바닥의 껌을 떼어 내느라 골치를 앓던 뉴욕의 어느 공원. 하루는 청소 책임자가 아이디어를 냈다. 쓰레기통 앞쪽에 '껌 과녁' (gum target)을 만들고, '씹던 껌을 이 과녁을 향해 던지시오!'라고 써 붙였다. 그랬더니 거의 모든 껌이 그 과녁을 향해 날아갔

고, 땅에 떨어지는 껌은 거의 없었다고 한다. 자발성을 활용한

것이다. 매일경제

"제발······ 좀 해라!"

"엄마가 이런 말하기 싫거든! 그러니까 네가 먼저 좀 알아서 해!"

이 말을 부모들은 하루에 몇 번이나 우리에게 할까?

"알았다고요! 내가 알아서 할게요!"

"에이······ 내가 알아서 하려고 했는데, 엄마가 말하니까 하기 싫잖아요!"

또 우리들은 부모에게 이런 말을 얼마나 많이 할까?

이것은 물론 부모 자식 관계에서만 자주 오가는 대화(?)는 아니다. 직장에서도, 학교에서도, 크든 작든 조직을 이루고 있는 공간에서는 하루에도 수없이 서로의 귀에 들리게, 또는 각자의 마음속으로 나누는 이상스러운 대화(?)이다.

어떤 사람들은 이러한 현상을 "한국사람 특유의 근성 (마음보, 성질) 탓이지. 한국 사람들은 자기가 하려던 일도 누가 시키면 절대 안 하려고 하잖아. 누구한테 지배받는 걸 너무 싫어해서 그래. 작은 나라에 사는 민족인데 왜 모두들 왕노릇을 하려고만 하는 거야? 세계를 정복해 본 적도 없는 민족이면서 국민성은 완전 로마제국이나 몽고 제국은 저리 가라야. 중국 같은 대륙에 사는 민족들도 왕의 명령 하나면 꼼짝 못 하는데 말이야. 그러니까 우리나라는 지금도 어디에서는 낚시하지 마라, 어디로는 등산하지 마라, 어디에서는 고성방가하지 마라 해도 절대 안 지키잖아. 관리인이나 경비원들의 멱살을 잡고 싸우면서까지 제 하고 싶은 대로 하잖아. 그렇다고 자발성으로 무얼 지키지도 않으면서…… 이러니 뭔 평화통일이 되겠어!"라며 스스로 한국인을 비하하듯 말한다. 그러다가 이야기가 엉뚱한 방향으로 가기 일쑤다.

그런데 어른들의 삶은 말 그대로 누가 시키면 안 하고, 그렇다고 자발적으로 무언가를 하지도 않으면서 아이들에게는 명령한다.

"엄마가 말하기 전에 네가 알아서 하면 이렇게 화를 내겠니? 엄마도 잔소리하기 싫어! 나도 품위 있게 살고 싶단 말이야!"

아이는 마음속으로 (나 지금 하려고 했거든요. 소리 지르지 말아요! 그게 더 품위 있어 보이거든요.)

"선생님이 말하기 전에 너희들이 알아서 하면 서로 좋은 걸 왜 모르니? 왜 너희들은 노예근성으로 학창시절을 보내는 거야? 그렇게 살지 마라, 응!"

아이들은 속으로 (우린 지금 하려고 했거든요. 그리고 노예가 우리처럼 공부해요?)

"얘들아, 이왕 하는 거 진심으로 봉사활동하자! 거기, 정동건! 그래, 너! 얼굴이 왜 그래? 그렇게 하기 싫으면 집에 가! 장애아들이라고 그러는 거지. 너희들 마음 모를 줄 알아?"

동건이는 마음속으로 (억지로라도 하라면서요? 그럼 나보고 어쩌라고요?)

그래서인지 어른들이 자식 자랑할 때에 하는 말 중 "우

리 애는 말하지 않아도 알아서 잘 해요!", "우리 애는 시키지 않아도 자기가 척척 한다니까요."가 있다. 물론 그 알아서 하는 일이 공부면 가장 좋다. 그렇지 않을 때엔 말이 달라진다. "말하지 않아도 알아서 놀 건 다 챙겨 놀면서 공부만 하라면 죽는 시늉을 해요." 또는 "공부하라고 수천 번 말해도 안 들으면서 어쩌면 못된 짓은 그렇게 척척 하는지 내가 못 살아요, 못 살아!"라고 푸념한다.

그때 누군가 물었다.

"왜 그럴까요?"

누구도 명확하게 답하지 못했다.

"사춘기라서 반항심이 넘쳐서 그런가요……."

"우리는 뭐 어릴 때 사춘기 안 겪었나요? 우리도 사춘기, 반항기 이런 거 다 있었어요. 하지만 부모 말이라면 임금님 말처럼 곧이들었지요. 하지만 요즘 애들 좀 유난스럽나요. 자기들만 감정 있고, 엄마 아빠는 아주 숨만 쉬는 유기체처럼 취급한다니까요."

"맞아요. 자기네가 하고 싶은 건 무슨 일이 있어도 해야 하고, 하기 싫은 건 아무리 옳고, 중요하고, 급한 거라도 처다보지도 않는다니까요. 가령 이런 거 있죠. 자기 엄마가 열이 펄펄 나고 아파도 모른 체 하거나 툴툴거리면서 겨우 집안일 도와주잖아요. 그러면서 좋아하는 연예인한테 무슨 문제라도 생기면 어찌 그렇게 열성적으로 지들끼리 모여서 얘기하고, 별별 일을 다 하는지!"

그러자 저만치서 우연히 어른들의 이야기를 듣고 있던 아이들이 나섰다.

"너무 그러지 마세요. 우리도 할 건 다 해요. 학교랑 학원 안 빠지고 가고, 숙제 꼬박꼬박 하고, 시험공부 열심히 하잖아요. 단지 우리 의지와 다르게 성적이 잘 안 나올 뿐이죠. 그런 건 우리 마음대로 안 되니까 뭐라고 하지 마세요. 모든 학생이 다 과학고 가고 외고 가면 어떡해요? 그건 나라에서도 결사반대일걸요. 우리나라 경제, 사회, 모든 시스템 자체가 무너질 테니까요."

"꼭 그런 문제뿐만 아니라 우린 공부 때문에 스트레스가 너무 심해요. 공부 외에는 신경 쓰고 싶지도 않아요. 자꾸 연예인 얘기하는데 사실 연예인들한테 목매단 애들

별로 많지 않아요. 그럴 시간도 없고, 텔레비전 볼 여유도 없어요. 우리 소원은 잠 좀 푹 자는 거라고요. 머리가 늘 멍한데 거기 대고 자꾸 공부, 공부, 공부 하니까 열 받는 거라고요. 그리고 부모님들 잔소리도 늘 똑같잖아요. 레퍼토리라도 다르면 말을 안 해요. 늘 공부해라, 공부해라! 우린 유치원 애들이 아니거든요. 치매 걸린 것도 아니거든요. 그리고 말하지 않아도 스스로 알고 있어요."

"그래요! 어른들이 한 번만 이렇게 해주면 얼마나 좋을까요. 일주일만 선생님이나 부모님들이 공부하라는 말 안하는 걸로요. 그럼 아마 혁명이 일어날지도 몰라요. 우리가 자발성 대왕이 되는 혁명이요!"

어른과 아이들의 이런 대화는 그 누구든 뭐라 편들기도 힘들고, 결론도 맺기 어렵다. 그러나 사춘기 아이들의 가슴은 터질 것 같다. 그래서 집에 들어가면 인사도 없이 제 방으로 들어가 문을 굳게 닫는다.

부모와 함께 타고 가는 차 안에서도 휴대폰만 매만진다. 혼자 창밖을 내다보며 마치 정신 나간 사람처럼 온갖 것에 참견하며 중얼중얼한다. 그러면서도 부모의 말은 단칼에 자르거나, 신경질적으로 반응하거나 아예 입을 열지 않는다. 마치 투명인간처럼!

"그래! 너 잘났다! 저러면서도 자기가 필요할 땐 엄마부터 찾으면서!"

운전대를 잡은 아빠 옆에 앉은 엄마는 고개를 돌린다.

부모들이 자기 자녀들의 원수이거나 시간과 체력이 넘치는 것도 아니고, 별다른 유희감이 없어서 혹은 아이들을 핍박하라는 사명을 가진 자들도 아닌데, 무엇 때문에 아이들이 듣기 싫다는 말을 지속적으로 하랴! 단지 지금보다 사회적으로나 경제적으로 좀 더 나은 미래를, 부고의 삶과는 다른 더 품격 있는 삶의 질을 유산처럼 물려주고 싶은 마음의 표현이다. 하지만 그러기는 현실적으로 어려우니 그렇게 될 수 있는 방법 중 하나인 공부를 목청 터져라 외쳐대는 것이다.

아이는 말한다.

"내 미래는 내가 알아서 할 거니까 엄마 아빠 인생이나 잘 계획하세요! 그리고 공부도 알아서 할 테니까 잔소리 좀 그만해요! 진짜로 날 도와주는 건 아무 말도 안 하고 아무 참견도 안 하는 거라고요!"

엄마와 아빠는 한숨을 쉬었다.

"쟤가 초등학교 다닐 때까지만 해도 저러지 않았는데……."

"사춘기니까 우리가 이해해야죠. 아니 무조건 죄인처럼 쟤 말을 들어줘야죠."

그러면서 아빠는 자신을 돌아본다. 아빠는 회사에서 김 과장으로 불린다. 어제는 후배 직원들과 식사를 하는데, 이 대리가 먼저 화제를 꺼냈다.

"김 과장님은 어릴 때 꿈이 뭐였나요?"

"나? 나는 외교관이었지. 그런데 뭐 어쩌다 보니까 분야가 바뀌었네. 그런데 그건 왜?"

"저는 제인 구달처럼 영장류를 연구하고 함께 생활하는 동물학자가 꿈이었어요. 그런데 저도 어떻게 하다 보니까 이 길로 들어섰는데, 며칠 전 제 친구가 아프리카에서 잠시 귀국을 했거든요. 그 친구는 정말 자기 꿈을 이룬 거지요. 환영모임에 나갔는데, 얼른 보면 가난한 티가 줄줄 흐르는데, 오히려 회사원 교복처럼 하얀 와이셔츠 입은 우리에게는 없는 아우라가 팍팍 풍기는 거예요. 얼굴도 가장 행복해 보이고요. 외국단체에서 후원을 받아 그 일을 하면서 자신은 경제적으로 겨우겨우 산다는데 얼마나 행복해 보이는지요. 저도 잊고 있던 어릴 적 꿈이 떠올랐어요. 그리고 깨달았지요. 자기가 하고 싶은 일을 하고 산다는 게 얼마나 행복하고 축복 받은 삶인지요."

이 대리의 말에 모두들 고개를 끄덕였다. 그리고 저마다 자신의 어릴 적 꿈을 말했고, 지금은 꿈도 없이 회사에 다닌다고 덧붙였다. 지금 하고 있는 일에 만족한다는 사람은 거의 없었다.

– 가족을 책임져야 하기 때문에……
– 대기업에 다니는 걸 최고로 여기는 부모님 때문에……
– 그냥 죽지 못해 다니지.
라는 말까지 나왔다. 조금 우울해진 시간이었다.

긴 이야기로 점심시간을 보낸 아빠는 얼른 회사로 돌

아갔다. 엘리베이터가 만원이라 아빠는 비상계단을 뛰어 올라갔다. 그런데 3층 계단 중간에 청소부 아줌마가 앉아서 울고 있었다. 아빠가 숨을 고르며 물었다.

"무슨 일이세요?"

아줌마는 손등으로 눈물을 훔치며 휴대폰을 흔들어 보였다.

"고등학교만 나온 우리 막내딸이 부산에 있는 회사에 다니는데, 전화를 했어요. 자기가 좋아하는 스페인어를 날마다 취미로 공부했대요. 그런데 어제 그걸 써먹을 일이 생겨서 회사 일이 잘됐대요. 사장님한테 칭찬도 받고 태어나서 처음으로 비행기 타고 스페인에 일하러 간대요. 이 정도면 서울대 합격한 거나 마찬가지 아니에요? 그래서 너무 좋아서 울고 있었어요. 아유, 죄송해요. 청소는 열심히 하니까 윗분들한테 이르지 마세요. 저도 그동안 이 일이 너무너무 창피하고 싫었는데 우리 딸 전화 받고 나니까 정말 내가 세상을 청소하는 사람이 된 기분이네요."

아빠는 다시 아이를 쳐다보았다. 뭐라 할 말이 없다. 분명히 아이의 미래를 위해 잔소리를 하지만, 정작 아이는 지금 당장 힘들어하고 있으니 말이다. 그리고 아이의 미래 그림에 대해 아빠도 엄마도 장담할 수는 없다. 그저 '잘될 거다.' '잘 살 거야.'라고 하는 정도이다. 정직한 부모라야 '엄마는 그렇게 못 했으니까 너라도 잘 살라고 자꾸 말하게 되는 거야.' '아빠는 이 정도밖에 안 됐지만 너는 조금 더 노력하면 더 잘 살 수 있으니까 말하는 거야.'라고 한다.

우리는 자발성을 보통 '억지로 하는 게 아니라 즐거운 마음, 기쁜 마음으로 스스로 하려고 하는 마음'이라고 말한다. 물론 그런 마음으로 공부하는 학생이라면 어른들은 최고의 학생이라 치켜세울 것이다.

우리! 부모의 잔소리를 탓하지 말고, 잔소리가 나오기 전에 똑똑하게 해치워 버리는 건 어떨까? 부모에게 떠밀려 마지못해 하지 말고 내 인생은 내가 책임진다는 심정으로 말이다.

무엇보다 자발성보다 한 수 위인 작업은 싫어도 나의

미래를 위해 잠시 즐거움을 참고, 힘든 시기를 헤쳐 나가려는…… 그래서 분명하고도 확고하며 생생한 내 미래의 그림 그리기이다.

나의 미래의 모습을 그리기.

날마다 나의 미래를 바라보며 마음 다잡기.

그것은 곧 자발성을 넘어선 즐거운 수고와 기쁜 노력이며 멋진 미래를 위해 차곡차곡 저축하는 인생의 지혜이리라!

인생을 명작으로 만들
아름다운 언어로 말하렴

사전 욕설辱說 수치스러운, 더럽히고, 모욕을 당하다의 욕
남의 인격을 무시하는 모욕적인 말. 또는 남을 저주하는 말.

뉴스 청소년은 욕쟁이? … 〈KBS 스페셜〉 제작팀의 조사
결과, 요즘 청소년들에게 욕설은 더 이상 '욕설'이 아닌 '생활'이
다. 그들은 욕을 마치 부사나 형용사, 감탄사처럼 사용했다. 제
작진은 관찰 카메라를 통해 여고생 4명의 일상생활을 살펴봤
다. 약 45분 동안 지켜본 결과, 이들의 대화 속에는 약 15종류

의 욕설이 있었으며, 욕설을 한 횟수는 무려 248번이나 됐다.

제작진은 "욕설을 하는 아이도, 듣는 아이도 얼굴색 하나 변하

지 않는다."며 "상대방을 기분 나쁘게 하기 위해 사용하는 것도

아니고, 기분이 좋을 때나 나쁠 때나 욕설을 입에 달고 산다."

고 지적했다. KBS 방송

시 나는 아주 조그만 말을 잃어버렸다. / 바로 지난번에. /

그것은 정말 불쾌한 말이었는데/ 실제로 그런 말을 하고자 했

던 것은 아니었다. / 그러나 그때 내 입술을 떠나 날아가 버린/

그 말은 실제로는 잃어버린 것이 아니었다. / 그때 그 말을 주운

나의 남동생이/ 지금까지 그 말을(use bad language) 쓰고 있

다. 가이 킹

헬스클럽, 치과, 피부과와 함께 있는 '초절정동안 성형

외과' 병원의 대기실 의자에 빈자리 하나 없이 사람들이

앉아 있다. 방학이라 그런지 여학생들도 적지 않다. 할머

니와 할아버지들도 꽤 보인다. 누군가의 말에 따르면 외모에 대한 열풍이 전 국민적으로 이토록 뜨겁다 못해 맹렬한 적은 단군 할아버지가 우리나라를 세운 이래로 처음 있는 기이한 현상이라나!

유치원 아이들부터 팔구십 되신 노인들까지 팽팽한 얼굴, 오뚝한 코, 쌍꺼풀 진 커다란 눈, 광대뼈 낮은 얼굴, 브이 라인 얼굴, 에스 라인 몸매, 동안, 심지어는 얼굴 전체의 뼈를 다듬고 깎아 내거나 외국 여배우 같은 입술 만들기에 열광한다.

심지어 여자 교수마저도 몸매가 예쁘면 전국적인 스타가 된다. 그 교수의 학문적 성과나 지도교수법에 대한 관심은 없다. 그녀가 어떻게 먹고, 자고, 운동하기에 그런 몸매를 가졌느냐가 관심의 대상일 뿐이다. 그녀 또한 스스로 자기 몸매를 자랑스레 선전한다.

어느 여자 강도가 붙잡혔는데, 네티즌들이 경찰서장에게 탄원서를 내기도 한다. 그 강도가 범행을 저지를 수밖에 없었던 기막히고 가련한 사연이 있어서가 아니다. 이유는 딱 하나다. 예뻐서, 얼짱이라서이다.

그런데 참으로 이상하고 부조화스러운 일이 있다. 전 국민이 동안과 얼짱 열풍에 사로잡혀 있는데, 왜 그렇게 예쁘고 고운 얼굴의 입술과 혀에서는 어울리지 않는 말들이 술술 흘러나올까? 어른들은 청소년들이 문제라고 손가락질 하지만 어른들도 마찬가지이다. 마치 '전 국민의 욕쟁이' 시대가 도래한 듯하다.

청소년들에게 큰 영향을 미치는 연예인들이 공중파 방송에서까지 서슴없이 욕을 해댄다. 시민단체나 의식 있는 네티즌들이 질타하면 다음 날, 간단한 사과 한마디면 무마된다. 기이하게도 그런 실수 아닌 실수를 한 스타는 인터넷 검색어 상위에 오르면서 오히려 인기가 높아진다. 그뿐인가. 솔직하다, 거침없다, 가식이 없어 보인다, 망가진 모습이 보기 좋다며 치켜세우기까지 한다.

우리들은 선망의 대상인 사람들의 무책임한 입놀림에 중독되듯, 마법에 걸린 듯 빠져 들어간다. 문제는 매스컴만이 아니다. 이런 뉴스도 있다.

욕은 학생들만의 문제가 아니다. 학생들은 교사와 강사의 언어폭력에 시달리고 있다. 학생인권조례제정운동 서울 본부에 따르면 서울지역 중·고교생 5명 중 1명은(21.0%) 매주 한 차례 이상 교사의 언어폭력에 시달리는 것으로 조사됐다. 언어폭력의 유형을 분석한 결과 '욕설 및 비속어'가 36.3%로 가장 많고, 인격비하·모욕(24.7%), 성적·외모 등에 대한 차별(18.3%), 가정이나 가족에 대한 모욕(13.2%), 성폭력·성희롱적 발언(5.9%) 등 순으로 나타났다. 이투데이

아이들이 밝힌 교사들의 언어폭력 사례는 이러하다.
– 너희 부모가 모자란 사람이냐? 부모가 그렇게 가르쳤냐? (부모비하 발언형)
– 너 같은 애는 학교 다닐 필요도 없어! 꼭 하마 닮았네. 살 좀 빼라. 얼굴 못생기면 할 수 있는 일이 아무 것도 없는데 나중에 뭐 되려고 그러냐?" (인신공격형 발언)
– 떠들면 내 입으로 네 입을 막아 버릴 거야! 공부는

못하는데 몸매 하나는 잘 빠졌으니까 나중에 밥은 먹고 살겠네. (성적수치심 자극형 발언)

이 정도면 완전히 언어폭력이다. 아이들 마음에 전치 3주, 4주 정도의 부상을 입힌다. 때로는 거의 불치병이 될 수도 있다.

게다가 요즘 학생들의 필수과목이 되어 버린 인터넷 강의에서 강사들이 내뱉는 막말은 어떠한가! 인기 강사일수록 욕이 대세란다. 욕설이 빠지면 강의 진행이 어려울 정도다.

"이 문제, 개념 모르겠어? 지랄하고 있네. 이걸 왜 모르니? 왜!"

"지금 공부 안 해서 낙오되면 그 길로 너희는 바로 쓰레기 되는 거야. 쓰레기 되고 싶어?"

그리고 차마 글로 쓸 수 없는 온갖 저속하고 낯 뜨거운 욕설들! 강사들은 아이들이 욕을 즐기는 데다가 인터넷 강의 특성상 수업 중 지루하거나 늘어질 수 있어서 욕이 필요하다고 한다. 또 인터넷 강의는 학교처럼 전인교육이 아니라 점수를 높이는 데 목적이 있으므로 학생들이 수치심이나 모멸감을 느끼지 않는다면 사용해도 무방하다고 생각한다는 것이다.

그런데 학생들에게 거침없이 욕을 하는 사람이 학교 교사와 인터넷 강사들뿐이랴. 불편한 진실이지만 가정에서 부모들도 예외는 아니다. 이 말에 부모들은 펄쩍 뛰며 부인하겠지만, 사실 자신도 모르는 사이에 아이들에게 험한 말을 하는 부모들도 꽤 있다. 굳이 예를 들지는 않겠다. 아이들의 마음이 다시 아파질 수 있으니!

청소년들이 욕을 많이 하는 실태를 얘기하면서 어른들에게 화살을 돌리는 것은 당연하다. 언어는 생활의 그림자가 아니라 삶을 그대로 비추어 주는 거울이다. 그런데 거울처럼 사실을 비춰 주는 데 그치지 않고 계속 변하고 발전하는 생물과 같다.

기성세대가 만들어 놓은 교육제도, 사회 시스템, 가정 속에서 24시간 숨 쉬고 먹고 자고 공부하는 청소년들의 생활은 곧 어른들 생활의 축소판이다. 또 청소년의 언어는 어른의 말이며 사상이며 생각과 삶의 모습을 반영한다. 때로는 어른들의 헛소리, 잠꼬대, 농담 그대로이기도 하다.

그렇기에 청소년들의 거친 말, 끔찍한 욕설과 그만큼 불쾌감이 드는 욕설이 난무하는 문자메시지 등은 곧 어른들 생활의 투영이며, 말의 실체이다. 거울 앞에 서서 제 모습을 쳐다보는 청소년들의 두 눈에 반사되어 비추어지는 어른들의 모습이다.

아이들은 억울하다고 말한다.

"우리들이 C발할 때에, 어른들은 C발쌔발 한다고요!"

"우리들이 학교에서 수학이나 영어, 세계사 배우듯이 욕도 어른들한테 배운 거예요."

"그나마 내가 욕을 하니까 선배나 어른들이 나한테 함부로 안 하는 거라고요! 욕도 못하고 순진하게 굴면 나를 완전 '이뭐병('이거 뭐 병신도 아니고!'의 준말로, 요즘 십대들이 많이 쓰는 욕설)' 취급을 한다니까요!"

말을 하는 혀, 그것은 우리 몸에서 아주 작은 부분이다. 오죽하면 '세치 혀'라고 하겠는가. 여기서 '치'는 길이의 단위로 한 치는 약 3.03cm 정도이다. 그렇다면 혀는

9.09cm이다. 즉, 우리가 '세치 혀'라고 굳이 말하는 것은 혀가 고작 10cm도 안 되는 작고 작은 존재라는 뜻이다.

그런데 아이러니하게도 작고 작은, 더구나 입속에 숨겨져 잘 보이지도 않는 이 존재는 막강한 힘을 가지고 있다. 그 힘은 사람의 마음을 좌지우지한다. 한없는 슬픔으로 내몰거나 단박에 즐거움의 세계로 이끈다. 끝을 알 수 없는 분노와 진노의 바닥으로 떨어뜨리거나 평정과 화해의 잔잔한 물가로 안내한다.

시기와 음모, 왜곡의 밀실로 쫓아내기도 하고, 이해와 용서의 광장으로 데려가기도 한다. 저주와 불평의 낭떠러지로 밀어뜨리기도 하고, 축복과 긍정의 언덕을 오르게도 한다. 미움과 이별의 바닥을 구르게 하거나 사랑과 내일을 약속하는 창문을 열게도 한다.

'혀'는, '말'은 이렇듯 총이나 칼이 아님에도 때로는 무시무시한 힘을 발휘한다. 또 상상할 수 없을 만큼 부드러운 힘으로 우리를 행복하게 만들기도 하는 이중성을 지녔다. 하지만 혀, 즉 말은 어떻게 길들여지느냐, 다시 말해서 어떻게 교육받고, 생활 속에서 어떻게 사용하느냐에 따라 그 역할이 달라진다. 더구나 우리들은 어른들의 영향을 받는다. 부모님, 선생님, 주위 사람들, 그리고 각 분야의 스타들.

이것은 마치 사회의 범죄와 같다. 요즈음 청소년들이 저지르는 각종 범죄 유형을 보면 어른들의 그것과 닮아 있다. 아주 똑같다. 어른들이 거짓말하고, 사기를 치고, 사람의 존엄성과 생명을 빼앗는 온갖 범죄를 청소년들도 똑같이 저지르고 있다.

어른들이 비틀거리며 지나간 어둠의 골목, 그 뒤를 아이들이 따라가고 있다.

어른들이 난장판을 친 추악한 탁자 앞에…… 아이들이 모여들고 있다.

어른들이 저지른 비열한 거래의 골방에 아이들이 하나둘 들어온다.

어른들이 어지럽혀 놓은 질서, 규칙, 도덕 그리고 상식…… 이 모든 것을 아이들은 그대로, 곧바로 답습하고 있다.

생각해 본다.

만약 단 한 달만이라도 어른들이 남을 속이거나, 뇌물을 주고받지 않는다면? 돈으로 사람의 생명과 몸과 순정을 사고팔지 않는다면? 당연히 청소년 범죄도 그만큼 덜 일어날 거다. 그것은 수백억 원을 들여서 청소년을 바르게 교육하는 프로그램을 만들거나, 온갖 계몽운동을 벌이는 것과는 비교도 안 되는 효과를 가져올 것이다.

말도 그러하리라!

어른들의 혀가 어떤가에 따라 아이들의 말이 달라진다. 욕 없이는 대화가 되지 않는 십대, 욕 하지 않으면 무시당하는 아이들 문화라고 어른들은 한탄한다. 그런데 아이들의 욕, 그 험한 말, 그 비인격적인 대화들이 어디서 탄생되었는가!

언어는 결코 천지창조처럼 '빛이 있어라!' 하니 '빛이 생겼다!'는 방식으로 탄생되지 않는다. 언어는 창조된 것이 아니라 그것이 선한 과정이든 악의 경로를 밟든 진화의 산물이다. 점점 색다른 맛을 원하여 진화하는 혀 때문에 인간의 미각이 시대를 따라 변하듯이, 언어도 그러하잖은가!

이런 의미에서 아이들의 언어는 엄격히 말해 그네들 스스로 창조해 내지 않았다. 바로 어른들의 뒷모습이며, 기성세대의 숨은 마음이다. 어른들의 부끄러운 어둠의 실체이며, 기성세대의 감출 수 없는 민낯이기도 하다.

오늘도 아이들은 욕으로 아침인사를 하고, 욕하며 밥을 먹고, 욕으로 친구를 가슴 아프게 하고, 욕으로 희망을 말하기도 하리라. 말 그대로 그것은 욕먹을 일이다. 그러나 아이들에게 "그것은 나쁜 짓이다, 옳지 않다!" 하며 욕하기 전에, 어른들은 스스로의 입을 보라. 혀를 살펴보라. 아이들은 저도 모르게 심지어는 싫어하고 흉보면서도 어른들의 그림자를 따라가기 때문이다.

그러나 아이들아! 어른들이 어쩌하든 우리들의 언어는 흔들리지 말자. 우리 인생의 주인공은 우리이며 그 한 편의 영화를 고급으로도 저급으로도 만들 힘은 바로 우리 언어에 달려 있으므로. 아름다운 언어는 우리가 주인공인 영화를 훨씬 격조 있으며 누구에게도 부끄럽지 않은 명작으로 만들어 주리라.

내 친구는
프랜드? 프레너미?

이야기 **프레너미**frenemy 친구(friend)와 적(enemy)의 합성어로 '친구인 듯하나 알고 보면 적'이라는 뜻. 사랑과 미움을 오가며 유지되는 친구 관계를 '프레너미 현상'이라고 한다. 적을 뜻하는 'enemy'는 어원상 'en'과 'emy'를 합한 말이다. 'en'은 무엇을 부정하는 뜻이고 'emy'는 친구, 사랑하는 사람을 뜻한다.

뉴스 직장인을 대상으로 "귀하에게는 프레너미가 있습니까?"라는 주제로 설문조사한 결과, 58.1%가 '있다'고 답했다. 10명 중 6명 꼴이다. 그 대상은 회사동료, 대학친구, 초·중·고등학교 친구, 각종 모임친구 순이었다. 프레너미 유형은 이기적인 사람, 뒷담화 하는 사람, 아부하는 사람, 성격 까칠한 사람, 책임감 없는 사람 순이었다. 데일리경제

노래 친구야 잡아봐. 내 오른손이야/ 언제든 널 위해 내어 줄 테니/ 앞만 보고 가. 손아귀 꼭 쥐어 준 우정이란 이름 니가 준 거잖아./ so 왼쪽 손이야./ 언제든 널 위해 내어 줄 테니/ 걱정하지 마. 내 이름을 부르면 그게 어디든 달려갈 테니/ 부끄러워서 늘 못한 말 쑥스러워서 늘 못한 말/ 사랑한다. 내 친구야. 좋아한다, 내 친구야./ 알아도 하기 어려운 말, 늘 고마웠었어./ 친구란 이름 주어서/ 친구라는 건 그런 건가 봐./ 삶에 지쳐 세상이 미워질 때 그리고 널 자꾸 속이려 할 때/ 언제나 한편이 돼 줄 언제나 항상 반겨 줄/ 친구가 있다는 걸 기억해./ You are my friend! 〈친구란 이름으로〉중에서

누군가 그랬다. '가족은 내가 선택할 수 없지만, 친구는 내가 선택한 가족이다.'라고. 이런 의미라면 우리들에게 친구는 때때로 가족보다 더 끈끈하고, 늘 보고 싶으며, 영원히 함께 있고픈 존재이다.

그래서인지 10대들의 질문이 많은 인터넷의 검색 주제를 보면 '친구 만들기' '친구와 사이좋게 지내는 법' '친구에게 선물하기' '친구와 화해하는 방법' 등 긍정적, 평화적, 애정적(?) 문장이 수두룩하다. 그에 대한 검색 수도 만만찮다. 하지만 재미있게도 '엄마'라는 단어를 입력하면 '엄마와 안 싸우려면' '엄마 잔소리 피하려면' '엄마의 화를 줄이는 법' 등 대부분 부정적이며, '전쟁휴전' 등의 인상을 풍기는 질문들이 대세이다.

더구나 대부분이 외동아이인 우리들은 또래친구와 모든 걸 함께 나누고 싶어 한다. 내가 좋아하거나 싫어하거나 따위는 문제되지 않는다. 옳은 일인지 그른 일인지도 문제 삼지 않는다. 무엇이 좋은 일이고, 나쁜 일인지 다 알지만 친구가 선택하면 따라 주는 게 진정한 우정이라고 생각한다. 나중에 함께 벌까지 받는다면 최상의 우정이라고 믿는다.

학교와 학원만 오가는 12년의 학창시절 동안, 가족 다음으로 친구가 가장 편한 소통의 대상이다. 선생님이나 다른 분야의 어른들과 이야기하려면 통역(?)이 필요하고 설명이 필요하다. 하지만 친구들과 얘기하면 그들만의 언어로, 말 그대로 '아' 하면 '어' 하니 얼마나 속 편한가!

그런데 이것도 점점 평화로운 시절의 옛이야기가 되어 버리고 있다. 성적최우선주의, 성적절대주의 세상에서 친구는 참으로 거추장스러운 존재가 되고 있다. 무한경쟁 사회에서 유치원 시절부터 필요한 순간에 곁에 있어 주다가, 때가 되면 알아서 제자리로 돌아가는 친구. 그리고 다시 적절한 시기에 곁에 있어 주면 가장 지혜로운 친구로 대접받는 세상. 그래서 '프레너미'라는 신조어까지 생겼는가!

여기…… 두 친구가 있다.

"윤서야, 너 요즘 보기 힘드네. 문자 보내도 답장도 안 하고! 그리고 어제는 왜 학원에 안 왔니?"

"으응…… 사실은 B학원으로 옮겼어."

"뭐?"

"우리 엄마가 A학원은 애들이나 강사나 다 수준이 낮다면서 맘대로 옮긴 거야. 내 생각은 물어보지도 않고."

"그건 사실이지만…… 그래도 나한테 말 한마디도 안 하고 어떻게……."

"김수경! 내가 그런 것까지 일일이 너한테 말해야 하니?"

"윤서야, 우린 친구잖아!"

"누가 친구 아니래? 하지만 대학 갈 때까진 친구 보류야. 그러니까 나랑 더 많은 시간 보내려면 공부 잘해서 학원을 옮기란 말이야. 그 학원은 시험 보고 뽑는 거 알지?"

"됐어, 됐거든!"

두 친구는 등을 돌리고 각자의 길로 가기 시작했다.

'성적 때문에 친구도 바꾼다더니, 내가 그 꼴이 됐네! 박윤서, 두고 봐! 앞으로 만나자고 해도 절대 안 만나 줄 거야!'

수경이는 집으로 가는 내내 윤서에 대한 섭섭함, 배신감으로 울먹였다. 혼자서 굳게 다짐을 하기도 했다. 중학생이 되어 사귀게 된 윤서에게 수경이는 제 마음을 다 주었다. 윤서도 지지 않으려는 듯 수경이에게 아까운 것이 없는 듯했던 친구였다.

'그런데 성적 때문에 하루아침에 변심을 하다니!'

하지만 수경이는 이내 고개를 저었다.

'윤서의 진심이 아닐 거야. 걔네 엄마의 음해공작일 거야! 엄마들은 다 그렇잖아. 자기 자식보다 성적 좋은 애랑 친구하라고 말이야. 공부 못하는 애는 절대 친구 삼지 말라고 하잖아! 여성학자라는 우리 엄마도 그러는데, 윤서 엄마를 뭐라고 할 수는 없지…….'

그런데 수경이는 또 고개를 저었다.

'그래도 그렇지! 그건 자기 엄마 뜻이고, 윤서는 적어도 미안하다고, 학원을 따로 다니지만 우정은 변함없다면서 나를 위로해 줘야 하는 거 아니야? 그게 진짜 절친 아니야? 그런데 아까는 나를 완전 불편한 친구처럼 쳐다보더

라……. 기가 막혀서! 자기가 나보다 공부를 잘하면 얼마나 잘한다고!'

수경이는 그 자리에 우뚝 멈춰 섰다. 약이 오르고 분한 마음에 실눈을 뜨고 뒤돌아보았다. 윤서의 뒷모습이 낯설어 보였다.

그렇다고 윤서의 발걸음이 의기양양, 자신만만한 건 아니었다. 수경이는 짐작 못할 고민으로 점점 어두워지고 있었다.

A학원으로 가는 윤서의 마음은 편하지 않았다. 물론 처음에는 A학원에 입학 허가를 받아서 마냥 좋았다. 시험을 봐서 상위권 학생들만 입학시키는 학원에 자신도 당당히 합격한 사실 때문에 윤서는 기뻤다.

하지만 그 기쁨의 순간은 아주 짧았다. 우선 수경이와 멀어지게 되었고, 또한 A학원에서는 자신의 입장이 마치 수경이처럼 되어 버리는 이상한 상황이 벌어졌기 때문이다. 이 상황은 자신과 같은 유치원이나 초등학교를 다니다가 다른 중학교에 간 친구들을 A학원에서 다시 만나게 되면서부터 시작되었다.

'진우야!' '보경아!' '동수야!' '자영아!' '진희야!' 그리고 '윤서야!' 하고 서로 반가운 얼굴로 이름을 부르고 인사를 했지만 그게 전부였다. 모두들 공부를 시작하는 순간, 완전 남남이 되었다. 수업에 필요한 준비물을 안 가지고 왔을 때나 모르는 걸 물으려 옆자리 친구를 부르면 못 들은 척 눈길도 주지 않았다. 무조건 '없어!' '안 돼!' '싫어!' '조용히 해.' '됐어.'라고 반응했다. 학원에서 한 달에 한 번씩 치는 시험 결과, 성적 하위 5프로는 '집중교육반'으로 가야 해서 아이들은 0.0001점에도 목숨을 거는 듯한 자세였다.

A학원의 첫날부터 윤서는 마음에 큰 상처를 입었다.

'그래도 여기는 학교가 아니라 학원인데 너무 한 거 아냐? 학교도 각자 다른데 마치 서로를 적처럼 생각하다니!'

윤서는 학원 수업을 마친 다음, 자습실에 남아 공부를 하려 했지만 숨이 막혔다. 무섭도록 냉랭한 강의실과 숨

막히도록 고요한 자습실을 생각하니 발길이 떨어지지 않았다. 자기도 모르는 사이에 발걸음이 우뚝 멈췄다.

윤서는 뒤돌아보았다. 저만치 풀 죽어 걸어가는 수경이의 작은 어깨가 보였다. 윤서는 그대로 달려가서 "수경아, 우리 같이 공부하자, 예전처럼 같이 놀자!"라고 말하고 싶었다.

그러나 윤서는 물끄러미 점점 작아지는 수경이를 바라보기만 했다. 엄마의 간절한 목소리가 뱅뱅 돌며 발목을 붙잡았기 때문이다.

엄마는 학원을 옮길 때, 윤서가 친구와 헤어질 수 없다고 하자, 눈물까지 지어 보였다.

"윤서야, 이건 불법이지만…… A학원비는 B학원의 두 배가 넘어. 사실 우리 형편에 분에 넘치지. 하지만 그 학원에서 상위 5프로에 들면 장학금이 나오니까 이 악물고 열심히 해야 돼! 사람들이 뭐라 해도 우리나라는 어쩔 수 없어. A대학 나오면 A인맥이 생기는 거고, B대학 나오면 B인맥을 갖게 돼. 문제는 이왕이면 A인맥이 있으면 살

기 훨씬 쉽다는 거지. 엄마나 아빠는 대한민국에서 너무 평범한 사람들이야. 그냥 시민도 아니고 소시민이지! 하지만 너는 엄마 아빠와는 다른 삶을 살기 바란다. 그래서 엄마 아빠의 인생 후반을 너에게 다 투자하는 거야. 나중에 너한테 뭘 바라고, 뭘 보상받으려는 게 아니야. 너는 우리 부부의 단 하나밖에 없는 소중한 자식이기 때문에 그러는 거야. 네 인생이 좀 더 편하라고."

그렇게 말하면서 엄마는 눈물을 흘렸다.

"엄마는 그것밖에는 욕심이 없어. 엄마가 언제 남들 피해 주면서 살던? 다른 아줌마들처럼 내 이익 채우려고 극성부리던? 너도 그랬잖아. 엄마는 다른 엄마들처럼 아줌마 냄새 풀풀 안 나서 좋다고 말이야! 그러니까 두 눈 딱 감고 몇 년만 공부해서 좋은 대학 가면 돼. 그런 다음에 수경이든, 날라리 친구든 맘껏 만나면 되잖아! 사람마다 가는 길이 다른데 수경이는 공부 쪽이 아닌 것 같아. 그러니까 수경이가 진심으로 너를 절친으로 생각한다면 잠시 떨어져 지내는 걸 원망하면 안 되지. 그러니까 윤서야, 대학생 되면 네가 하고 싶은 대로 다 해. 그때는 너도 어른이니까 엄마도 아무 말 못해. 엄마도 힘이 없어질 테고!"

윤서는 엄마의 눈물을 보며 당황했다. 한편으론 엄마의 마음이 이해가 갔다.

'맞아. 우리 엄마는 나한테 좀 극성맞은 것 외에는 다 좋아. 그리고 우리 집이 무슨 재벌이나 장관집도 아니고, 그런 친척 하나도 없고…… 내가 얼짱이라서 연예계 진출할 것도 아니고…… 그래! 살길은 공부밖에 없어! 하지만……'

그래도 윤서는 수경이가 가장 마음에 걸렸다.

'어른들은 친구가 대수냐고 말하지만 너무 우리를 몰라. 우리한테 친구는 목숨처럼 소중한 존재인데…… 그래서 별의별 나쁜 짓을 해도 헤어질 수 없는 게 친구인데. 적어도 우리한테는 그런 존재인데!'

그런데…… 막상 수경이와 함께 할 수 없는 현실이 되자 윤서는 마음이 점점 힘들어졌다. 그래도 엄마의 눈물을 생각하며 학원으로 향했다. 강의실에 들어가니 모두들 조용히 수업 준비를 하고 있었다. 윤서는 옆자리에 앉은 보경이를 불렀다. 조금 전에 수경이 하고 있었던 얘기를 하고 싶었다. 속 시원하게 얘기하는 것만으로도 마음에 위로가 될 것 같았다.

"보경아!"

그런데 보경이가 고개도 돌리지 않은 채 손바닥만 한 흰 플라스틱 판을 윤서 쪽으로 내밀었다.

HUSH!

문방구에서 파는 표시판 중 하나였다. 순간, 윤서는 숨이 탁 막혔다. '나는 이제 겨우 중학교 2학년인데…… 앞으로 고등학교까지 5년 동안 어떻게 지내라고…… 차라리 공부는 중간만 하고, 마음 놓고 얘기할 수 있는 친구들과 같이 지내면 안 되나? 내 삶이 소시민이면 어떻고, 중류층이거나 상류층이면 어떻기에?'

우리는 지금 보경이인가, 아니면 윤서인가? 이도 저도 아니라면 우리는 얼마나 지독히도 외로운 사람이란 말인가? 참, 이거 아는가? 지독한 외로움은 결국 지독한 자기 사랑 속에 푹 빠져 있는 상태라는 걸! 이제 나만의 홀로 사랑 속에서 뛰어나와 나처럼 외로움 속에 있는 친구에게 달려가 보렴. 분명 장담하건데 달려오는 그대를 보는 친구의 두 눈보다 가슴이 먼저 기뻐할 테니!

네잎클로버를 찾느라
세잎클로버를 짓밟지는 마

이야기 1 스퀴 거리 끝에 있는 복권가게를 기억하겠니? 비 오는 날 아침, 그 앞을 지나가다가 많은 사람들이 복권을 사려고 기다리고 있는 걸 보았다. 대부분 왜소한 노파들이었는데 하는 일과 생활수준을 정확히 알 수는 없겠지만, 삶을 지탱하기 위해 발버둥 치며 간신히 버텨온 게 확연히 보이는, 그런 사람들이었다. 무리지어 서 있는 사람들의 기대에 찬 표현이 인상적이어서 그들을 스케치하기 시작했다.

그러는 동안 복권이 처음 생각했던 것보다 더 크고 깊은 의미가 있다는 느낌이 들었다. 가난한 사람과 돈이라는 관점에서 더 그렇지 않겠니. 그곳에 모인 사람들은 대부분 가난한 사람 같았다. 그래서 그들의 입장에서 생각해 보지도 않고, 눈에 보이는 것으로만 판단해서는 안 되겠다는 생각을 했다. 복권에 대한 환상을 갖는다는 것이 우리 눈에 유치해 보일 수도 있겠지만, 그들 입장에서 생각해 보면 정말 심각한 문제가 될 수도 있겠지. 음식을 사는 데 썼어야 할 돈, 마지막 남은 얼마 안 되는 푼돈으로 샀을지도 모를 복권을 통해 구원을 얻으려는 그 불쌍하고 가련한 사람들의 고통과 쓸쓸한 노력을 생각해 보자.

《반 고흐의 영혼의 편지》(도서출판 예담), 1882년에 고흐가 동생(테오)에게 보낸 편지 중에서.

이야기 2 복권(Lottery)의 어원은 이탈리아어 'lotto(행운)에서 유래됐다. 로마시대부터 황제가 연회에 참여한 귀족들에게 참가비를 걷은 뒤 그 영수증을 복권 삼아 추첨해 상품을 내리는 행사가 있었다. 동양에서는 진나라 때 만리장성 건립 등 국방비 마련을 위해 복권 게임이 시행되기도 했다. 우리나라에서는 1956년에 전쟁복구비를 충당하기 위해 발행한 '애국복권'

에서부터 '복을 주는 증서'라는 의미의 복권이란 말이 처음으로 쓰이기 시작했다.

의미　세잎클로버의 꽃말은 행복 또는 기회이며, 네잎클로버의 꽃말은 행운이다.

동네 작은 슈퍼, 토요일마다 한바탕 전쟁이 벌어진다. 로또 때문이다. 고흐의 글을 보면 아주 옛날 같기만 한 1880년 즈음, 그리고 아주 먼 나라인 프랑스의 복권가게 앞 풍경이 지금 우리네 사정과 다를 바가 없다. 그 점이 아이러니하다. 더구나 지금은 21세기인 데다가 뉴욕, 런던과 함께 세계 10대 도시 중 하나인 서울이잖은가. 하지만 그때나 지금이나 한 번의 행운을 간절히 바라는 사람들의 긴 줄은 변함이 없다.

토요일 오후, 나도 고흐처럼, 저마다 볼펜을 들고 로또 위에 신중히 줄을 긋는 많은 사람들을 살펴본다. 아직 앳

되어 보이는 청년들, 중년의 아주머니와 아저씨들 그리고 노인들…… 모두들 '한 방'의 행운을, 대박을 꿈꾸리라. 나는 쓰레기봉투와 우유를 사러 갔다가 계산을 하기 위해 그들 뒤에서 한참을 기다려야 했다.

토요일마다 벌어지는 익숙한 풍경. 얼마쯤 낯익은 사람들. 그러나 아직 우리 동네에서 로또 당첨자가 나왔다는 소문은 없다. 그렇다면 우리 동네에는 여태 행운아가 없다는 말일까?

집으로 가는 길, 놀이터 벤치에 여학생 세 명이 나란히 앉아 있었다.

"XX! 그럼 우린 뭐야?"

"X까는 소리 하네. 뭐긴 뭐야? 우린 그냥 하인들이지."

"XX! 그럼 걔네는 태어날 때부터 공주였대?"

서두는 어김없이 욕으로 시작하는 아이들의 말소리에 나는 걸음을 멈췄다. 분노에 가득 찬 목소리, 당장이라도 누군가를 때릴 듯이 일그러진 얼굴, 가끔씩 내뱉는 침.

다행이라고 해야 하나? 추운 날씨 탓에 놀이터에는 노인들은 물론 어린아이들도 없었다. 나 역시 마냥 그들의 이야기를 훔쳐 들을 수는 없었다. 대신 느릿느릿 걸었다. 그들의 대화 중 욕을 빼고 나면 대강 이랬다.

　– 나는 태어나는 순간부터 불행한 아이야.

　– 너희들이나 나나, 우리는 가망 없는 인생이다. 죽었
　　다 깨어나도 우리 인생은 안 변한다.

　– 그래도 뭐, 확 하고 변할 수 있는 그런 거 없을까?

　– 맞아, 대박 같은 거 말이야!

집으로 돌아온 나는 생각에 잠겼다. 아니, 걱정부터 들었다.

'설마…… 며칠 뒤에 저 여학생들이 목숨을 저버리거나 무슨 좋지 않은 일로 뉴스에 오르진 않을까? 차라리 그 아이들이 대박이든 행운이든 그것도 아니라면 허황된 꿈이든 거짓 희망이든 무엇이라도 가슴에 품고 자기 생의 날들을 저버리지 않았으면…… 제발, 제발…….'

이름도 모르고, 어디 사는지도 모르는 그 세 아이. 그네들의 원인을 알 수 없는 분노! 하지만 살고 싶은 희망에서 대박과 행운을 강렬히 원하는 목소리. 토요일, 늦도록

나의 가슴을 지이이이잉…… 이명증처럼 울렸다.

그 아이들을 생각하다가 나의 사춘기 시절이 떠올랐다. 네 명의 동생들, 부도난 아버지의 사업, 폐렴을 앓던 나. 하지만 이내 고개를 흔들었다. 그 오랜 과거의 풍광을 그리며 지금 아이들에게 잔소리하기에는 너무나 시절이 다르다. 그 시절에는 앞뒷집, 옆집 모두 가난했고 그것이 흉이 되거나 크나큰 슬픔이 되지는 않았다.

그러나 지금의 아이들에게는 현실이 너무 가혹하다. 다음속으로는 '괜찮아, 괜찮아!' 하고 아무리 신데렐라 주문 같은 것을 외워도 눈앞에 펼쳐지는 세상은 내 생각과 너무도 다르기 때문이다.

당장 텔레비전을 켜면 등장하는 재벌 자식은 날마다 빈둥거리며 연애질이다. 그는 얼굴이 예쁜 데다가 스펙마저 좋은 여자들을 태운 외제차를 몰고 다닌다. 많은 유산을 물려받고, 어딜 가나 "실장님!" "이사님!" 하며 대우를 받는다.

이런 장면들이 어린아이들에게는 판타지가 아닌 실현

가능한 리얼인 모양이다. 내가 어느 초등학교에 강연 갔을 때에 '너희들은 꿈이 뭐냐'고 질문하자, 이런 대답을 거침없이 늘어놓았다.

– 2억 정도 유산 받아서요, 외제차 몰고 다닐 거예요!

(아이들한테는 2억 정도면 어마어마한 돈으로 생각되는가 보다.)

– 꿈 같은 거 없어요. 그냥 실장님 돼서 놀고먹을래요.

(실장님이 이토록 선망의 대상인 것도 우리나라에서만 볼 수 있는 기이한 현상이리라!)

– 부자 되는 거요! 그럼 다 할 수 있잖아요!

(그래서 어떻게 하면 부자가 될 수 있냐고 물었더니, 유산을 받거나 로또에 당첨되면 된다고 대답했다.)

이 모든 게 어른들이 보여 주는 거짓 판타지 때문이다. 하지만 아이들은 그것을 실현 가능한 일이나 자기가 옳다고 믿는 삶의 한 '리얼'로 여긴다는 증명이기도 하다.

이뿐만이 아니다. 텔레비전이 아닌 현실 속에서도 아이들은 충격을 받는다. 나와는 너무 다른 삶의 모습에 혼란을 겪는다. 입고 신는 것, 먹고 마시는 것, 보고 듣고 즐기는 것은 물론 공부하는 방법조차 아이들은 차별이나 구별, 또는 태어나는 순간부터 '다름'의 현실에 직면한다. 그러다 보니 말 그대로 '무엇을 먹을까, 무엇을 입을까, 무엇을 마실까 염려하노라.' 식의 갈등 속에서 절망과 분노만 점점 커진다.

한 아이가 급식비가 밀려서 걱정하고, 고등학교에 입학할 수 있을지 가슴 졸이며 걷고 있다. 그 거리의 한 화려한 식당에서는 또 다른 친구가 생일파티를 벌이고 있다. 일인당 한 달치 급식비 정도되는 돈을 내야 하는 식당이다.

한 아이가 엄마가 이리저리 수소문해 얻어 온 헌 교복을 세탁소에 맡기러 가고 있다. 그때 또 다른 친구는 명품 가방을 메고 바로 곁을 휘익 달려간다.

유명 학원 앞이 장사진이지만, 학원 등록은 마치 천국행 티켓을 사는 것마냥 버거운 일이다. 과목당 참고서나 문제집을 사기도 어렵다. 그래서인지 괜스레 자신은 공부와는 인연이 없다는 생각이 든다. 심지어는 이성 친구와의 만남조차 사치로 여겨진다. 어른들처럼 '물질적 여유'가 없으면 '사랑할 틈'도 생기지 않는다.

이렇게 텔레비전 속 판타지이든, 제 삶 속의 리얼이든 우리는 상처를 입고, 혼란을 겪는다. 그래도 삶을 포기하지 않거나 그릇된 방향으로 발길을 돌리지 않는 이상 우리들은 또 다른 희망을 슬며시 품는다. 그것이 바로 한 방의 대박이며 행운에 대한 애타는 기다림이다.

나는 다시 두 장면을 그려 보았다.

놀이터에서 만난 세 여학생들의 절망과 분노.

강연장에서 만난 어린이들의 부자에 대한 환상과 희망.

이 두 그림은 다른 점이 무엇일까?

이 두 마음은 닮은 점이 무엇일까?

어른들과 아이들의 고민과 바람은 얼마나 닮아 있으며, 얼마나 다를까?

아이들과 어른들의 해결책은 얼마나 고상하게 차이 나며, 얼마나 극명하게 같을까?

결국 그리 다르지 않으며, 결국 어른이나 아이들이나

같은 고민과 같은 희망을 품고 있다고 해도 과언이 아니라는 답이 나왔다.

하지만 사춘기 아이들의 마음은 불처럼 뜨겁고, 그만큼 빨리 타오르며, 그만큼 기다림에 익숙하지 않다. 그래서 자신의 불만족스럽고 심지어는 감추고픈 현실이 마치 변검(중국 사천극 중 하나로 극중 인물의 내적 심리를 표현하기 위해 눈앞에서 얼굴 모양이나 색깔 등을 순간적으로 바꾸는 마술 같은 연기 기법) 기술처럼 단숨에 바뀌길 소원한다.

'저 물건을 사고 싶어!' '저 옷을 입고 싶다!' '여친(남친)에게 저걸 선물하고 싶어!'라는 생각이 들면 빠른 시일 안에 그 '싶은 마음'대로 제 품에 물건이 들어오길 원한다. 때론 부모님이 산타클로스처럼 그것들을 안겨 주길 바란다. 그렇게 되지 않으면 부모를 향해 원망이 뿜어져 나온다.

- 왜 그런 능력도 없을까? 저 나이 되도록 뭘 이루고 살았단 말인가? 자식을 위해 그 정도도 못해 주나? 자기 자식이 다른 집 애들보다 뒤떨어지거나, 능력 없어 보여도 좋은가? 나 같으면 당신처럼 안 살 거

다! 능력도 없고, 책임도 못 지면서 왜 자식은 낳았단 말인가? 그러고도 부모라고 대접 받고, 존경까지 받으려는 걸 보면 정말 양심불량이다!

그러다 보니 토요일 오후에 놀이터에서 스친 여학생들처럼 분노하는 것이다. 원망을 넘어선 분노가 여리고 작은 입술 밖으로 거침없이 쏟아져 나온다.

– 열심히 하는 만큼 성적이 올랐으면 좋겠어!

– 나도 그 학원에 보내 주면 공부 더 잘할 수 있는데!

– 다른 집 애들은 가기 싫다고 해도 유학 보내 주는데!

그러나 공부는 아무리 해도 성적은 제자리에서 맴맴 돌기만 한다. 집안 사정이 어려워 유학은커녕 더 비싼 학원도 가지 못한다.

– 옛날이야기에 지겹도록 나오는 도깨비 방망이는 다 어디 간 건지? 방망이 한 번 휘이 휘두르면 '펑!' 하고 상황이 좀 안 변하나? 초등학교 때 열 번도 더 본 그리스·로마 신화 속 이야기처럼 마음먹은 대로 좀 변신할 순 없나?

자기가 처한 상황에 대한 불만은 끝도 없이 이어진다. 외모에 대한, 이성 친구가 없음에 대한, 발견되지 않는 자신의 재능에 대한, 여름이면 바다여행에 대한, 겨울이면 스키장에 대한 고민과 불만! 결국 부모에 대한 원망을 넘어서 자신을 향해 화가 치솟는다.

– 나에게도 행운 그림자 같은 거라도 와다오!

– 우리 집이나 나에게 대박 한 번만 터져다오!

현실에 대한 안타까움과 불만은 미래에 대한 불안과 절망으로 이어진다. 하지만 희망을 놓지 못한 어린 가슴들은 드라마의 한 장면처럼 행운을 소망한다.

'한 번만!'

'한 번만!'

'딱 한 번만!'

마치 '행운'이란 꽃말의 네잎클로버를 찾기 위해 눈앞에 촘촘히 펼쳐진 '행복'을 의미하는 세잎클로버를 발로 짓이기는 꼴이다. 현실이라는 뜨거운 태양 아래에서, 두 무릎이 짓무르고 옷이 해지도록 헤매며 찾아다니는 수고를 하고 있는 꼴이다.

어른들은 우리의 등 뒤에서 무엇을 말해 줄 수 있을까?

세상이 그런 거라고? 조금만 더 참고 열심히 공부하면 신분 상승을 할 수 있다고? 아니면 이제 세상이 바뀌어서 한 번 용이면 영원히 용이고, 한 번 미꾸라지면 끝까지 미꾸라지니까 그냥 생긴 대로 살라고?

아니, 아니! 어른들은 그런 말은 못한다. 할 수 없다. 부모는 비록 용의 신분이 아니더라도, 자기 아이에게만은 미래를, 희망을, 변화의 가능성을 유산처럼 전해 주고 싶어 한다.

우리들 사춘기라는 봄친구들은 아직 스무 해도 안 산 인생이며, 백 세 인생에서 겨우 십몇 해를 넘긴 생뚱이다! 그동안 알지 못하거나 가 보지 못하거나 듣고 보지 못한 세상의 장면 장면들과, 만나야 할 인생의 벗들과 사랑이 지천의 세잎클로버들처럼 얼마나 많은데! 이런 이유만으로도 우리들은 굳세게 살면서 다 누려야 한다. 아픔이든 기쁨이든, 슬픔이든 환호이든, 공포이든 축복이든, 절망이든 다시 일어섬이든, 도망이든 이김이든, 다 거쳐야 한다. 부딪히고 싸우고 이기고 지면서 스스로 행운이 되어야 한다. 스스로 행운아가 되고, 스스로 대박의 증거가 되어야 한다.

우리들은 겨우 이제 마악 세상 속으로 들어온, 아직은 삶의 낯선 여행자들이니까!

멘토?
롤 모델? 아이콘?

사전 아이콘icon

1. 그리스 정교에서 모시는 예수, 성모, 성도, 순교자 등의 초상.

2. 특정한 사상이나 생활 방식 등의 상징으로 여겨지는 우상을

   전문적으로 이르는 말.

3. 컴퓨터 화면의 아이콘.

뉴스 | 베트남전 반대 '아이콘' 밥 딜런 베트남 공연 … 전설

적인 포크 음악가 밥 딜런은 베트남 호치민에서 공연함으로써

공산주의 국가에서의 첫 순회공연 일정을 이어 갔다. 딜런의 음악은 1970년대 베트남 전쟁에 반대하는 미국 반전운동의 상징이었다. 베트남전 기간 동안 미국, 영국 등 서방 국가의 젊은 이들은 그의 노래를 부르며 반전시위에 나섰다. 영국 BBC 방송은 "그의 저항적인 노래는 당시 세대의 분위기를 규정했다."고 묘사했다. 전쟁을 기억하는 세대는 "우리는 그를 평화의 시인이라 부른다."면서, 당시 참전했던 모든 이들에게 딜런의 노래는 희망을 줬다고 말한다. 하지만 이날 공연 객석은 반 정도만 찼다. 외신들은 베트남 젊은이들은 전쟁 이후 태어났기에 딜런이 누구인지 모른다는 것이 이유일 것이라고 분석했다. 현재 베트남 국민 중 반수 이상이 30대 이하다. 프레시안

뉴스 2 **페이스북의 CEO 저커버그, 출판계에서도 '핫 아이콘'** … 인맥구축서비스(SNS) 페이스북의 최고경영자(CEO)이며, 27세에 억만장자가 된 마크 저커버그를 주인공으로 한 만화가 폭발적인 인기로 7000권이 당일 매진됐다. 그 외에도 닉슨 전 미국 대통령과 전 공화당 부통령 후보인 세라 페일린, 미국 대통령 부인 미셸 오바마, 인기가수 비욘세가 만화의 주인공으로

변신했는데, 10대 인기가수인 저스틴 비버의 만화책이 인기라고 한다. 최근에는 영국의 윌리엄 왕세자와 약혼녀 케이트 미들턴의 사랑 이야기를 만화로 출판했다. 빌 게이츠 마이크로소프트 공동창업자가 다음 주인공이 될 가능성이 있다고 한다.

파이낸셜뉴스

예전에는 훌륭하신 스승님, 좋은 사부님이 한 분만 계시면 인생이 든든했다. 그러나 지금은 그런 단어조차 들어 보기 힘들다. 대신에 아이들은 멘토와 멘티, 롤 모델, 그리고 아이콘이란 말을 입에 달고 다닌다. 더구나 대스컴이 절대 지배력을 가진 세상에서 이제 멘토와 멘티는 상업적 연예방송에서 빛을 발한다. 롤 모델은 눈앞에서 성공신화를 이룬 어르신들만이 될 수 있다. 그리고 아이콘은 거의 연예 스타와 스포츠 스타가 절대 본좌를 차지하고 있는 상황이다.

그래서인지 가난한 스승, 청빈한 사부 뒤에는 그들을

따르는 제자들의 발소리가 별로 들리지 않는다. 오로지 성공한 멘토, 정상에 이른 롤 모델, 스타가 된 연예인과 운동선수가 아이콘으로 숭배받을 뿐이다.

학원으로 가는 버스 안에서 남자아이들이 웃고 장난치며 놀고 있다. 그중 파란 티셔츠를 입은 병현이가 제 딴에는 새로운 이야기를 꺼냈다.

"내가 문제 낼 테니까, 맞혀 봐. 어떤 남자 앞에 세 명의 여자가 있어. 한 여자는 아주 부잣집 딸인데 못됐어. 두 번째 여자는 착하지만 가난해. 세 번째 여자는 성격도 집안도 다 보통이야. 그럼 그 남자는 어떤 여자랑 결혼했을까?"

순간, 친구들은 중요한 시험을 치르는 사람들처럼 매우 진지하게 토론하기 시작했다.

"돈 많은 여자일 거야. 성격 나쁘면 어때? 일단 부자랑 결혼하면 돈은 당근 많을 거 아니야? 그러니까 그 다음 날부터 각자 알아서 사는 거지. 하고 싶은 거 다 하면서 말이야. 사람은 돈이 있어야 해. 돈만 있으면 하고 싶은 건 뭐든 하면서 행복하게 살 수 있어!"

"아냐. 돈도 중요하지만 결혼을 하려면 성격이 더 중요해. 날마다 좋은 거 먹고, 돈을 펑펑 써도 만날 싸운다면 지옥이지! 우리 아빠가 그러시는데 성격 나쁜 여자랑 왕궁에 사는 것보다 혼자서 사막에 사는 게 더 행복하대!"

"너희들 말도 그럴 듯하지만 난 다 싫다. 그럴 바에는 차라리 돈도 성격도 보통인 여자가 좋지 않냐? 그럼 행복한 정도도 보통이고, 싸움도 보통 정도로 하니까 살 만하지 않을까?"

아이들은 저마다 제 생각을 큰소리로 펼쳤다.

그러자 문제를 냈던 병현이가 피식 웃고는 친구들의 입을 다물게 했다.

"너희들 다 틀렸어!"

"셋 다 틀렸으면 누구랑 결혼했다는 거야?"

친구들은 고개를 갸웃했다.

"그 남자는 세 여자 중 얼굴 예쁜 여자랑 결혼했대!"

친구들은 화를 냈다.

"뭐라고? 이병현! 짜샤! 그런 무개념 퀴즈를 내다니!"

"노브레인 문제잖아? 괜히 그런 데다가 두뇌운동을 했더니 머리만 아프네!"

그러자 병현이가 손사래를 쳤다.

"너무 흥분하지 마. 예쁜 거나 잘생긴 건 이 시대의 아이콘이잖아. 내일 우리 토론 주제가 아이콘이라서 한 번 내본 거야."

"야, 이병현. 그럼 너는 어떤 여자랑 결혼할 건데? 시대의 아이콘인 예쁜 여자랑?"

병현이가 고개를 저었다.

"아니! 내 생각에 지금은 얼짱, 몸짱이 아이콘인 시대지만 앞으로 내가 결혼할 15년쯤 뒤의 세상에서는 새로운 아이콘이 뜰 거니까 그때 봐야지."

"뭐라고? 그렇게 결혼했는데 아이콘이 또 바뀌면 어떡할 거야?"

"정말…… 그럴 수 있겠네. 그럼 어떡하지?"

병현이는 머리를 긁적였다.

세 친구의 씁쓰레한 웃음으로 끝난 이야기는 결코 무개념 퀴즈가 아니다. 지금 우리 청소년들과 어른들에게까지 깊이 세뇌된 이미지이다. 아니, 솔직히 말하면 어른들에게서부터 줄기차게 내려오고 있는 허상의 아이콘이다. '예쁘고, 잘생기고, 키 크고, 날씬하고!'라는 육체의 스펙은 이제 당연한 성공 조건 중 하나로 인식되고 있다.

그래서인지 책 속의 롤 모델이나 가까이 있는 롤 모델보다는 상업적 이미지가 만들어 내는 아이콘에 우리는 열광한다. 결국 우리는 허상의 이미지에 현실의 제 모습과 처지를 접목하려다가 상처를 입는다. 게다가 어른들은 무턱대고 온갖 분야의 성공인들을 우리들에게 강요한다. 예전으로 치면 위인전 강요하기 식이다.

"에디슨은 공부 못해서 퇴학까지 당했는데도 천재발명가가 됐단다. 이 책을 읽어 봐. 너도 무언가 될 수 있어."

"나폴레옹은 키도 작고 볼품없었는데 황제가 되었지! 어떻게 그럴 수 있었을까? 잘 읽어 보면 너도 할 수 있다는 자신감을 얻을 거야!"

"아인슈타인은 어릴 때 선생님한테 멍청하다는 소리까지 들었는데 세계적 물리학자가 되었대. 너도 이 책을 읽어 보면 가능성을 발견할 수 있을지도 몰라."

이런 식으로 부모 세대들은 어릴 때 많은 위인전을 읽었다. 그래서 독후감도 쓰고 누구를 존경한다는 발표도 하곤 했다. 그런데 지금 달라진 건 별로 없다. 다만 그 인물 선정에 변화가 있는 것 외에는. 정치는 물론 경제, 패션, 요리, 운동 분야 등 각 분야에서 '지금' '성공'한 인물을 우리들에게 권하고 있다. 이른바 롤 모델이라는 제목을 달고! 그 성공한 인물들의 생이 앞으로 어찌 될지도 모르는데, 당장 성공 본좌에 올라와 있다고 롤 모델로 삼으라는 것이다.

　― 이 사람이 지금 세계 최고의 요리사야! 너도 할 수 있어.

　― 이 사람은 유학도 안 갔는데 파리에서 패션디자이너로 성공했어. 이 책을 읽어 봐!

　― 이 사람 책을 읽으면 너도 언젠가는 세계 최고의 경영인이 될 거야!

아이들은 어쩔 수 없이 어른들이 애타게 권하고, 웃으면서 강요하는 갖가지 롤 모델의 위인전을 펼친다.

'그래, 나도 언젠가는 이 사람처럼 성공하겠지!'

마치 책 속에 숨겨진 성공의 비법을 찾는 것 마냥. 그러나 마지막 장을 덮고 나면 서글픔과 씁쓸함이 커진다.

'이건 이 사람 이야기고! 나는 나니까 내 길을 가야지. 내가 어떻게 이 사람처럼 살겠어……'

우리들은 당장 눈앞에 어른거리는 대상들을 향해 달려간다. 날마다 텔레비전 화면에서 볼 수 있고, 때로는 얼굴과 얼굴을 마주할 수 있으며, 운 좋으면 멀리서나마 목소리도 직접 들을 수 있는 우리들만의 우상, 아이돌, 아이콘 앞으로 달려간다.

"저 오빠 옷 좀 봐! 간지 종결이다! 눈 화장은 시크하지 않니? 머리부터 발끝까지 몽땅 협찬이래. 세계적 명품회사들도 저 오빠한테 협찬하려고 줄을 섰대. 얼마나 좋을까? 온갖 좋은 것, 최신 유행인 옷은 다 걸쳐 보니까!'

"저 탤런트 언니는 할리우드까지 진출한대! 유럽에서도 인기 시작이래. 정치인도 못하는 걸 연예인이 하는 거야! 외국에서는 우리나라 대통령은 몰라도 저 언니는 다

알잖아!"

"저 아이돌 가수 그룹은 일 년 수입만으로도 소속 기획사를 먹여 살린대! 그리고 저 가수는 이번에 부모님한테 십 억이 넘는 집을 선물했대. 그리고 저 가수는 아프리카에 학교를 벌써 몇 개나 지었대!"

우리들의 아이콘은 이렇게 눈앞에 보이는 존재다. 우리들의 롤 모델은 기나긴 노력과 눈물의 여정 같은 건 '완전 삭제'된 '현존 성공 이룸'의 자태이다. 그들의 멘토는 '인기'와 '부'와 '세계적'이라는 타이틀 없이는 무색하다. 그것을 아우른 존재어가 바로 이 시대 청소년들에게는 '아이콘'인 것이다. 거기다 하나 덧붙인다면 '백프로 씽크로율'을 자극하는 조건도 갖추어야 한다.

하지만 우리들의 현실은 어떤가? 어른들은 말한다. 청소년들에게 용기를 주고, 희망을 주는 메시지를 전해야 한다고. 당연한 말이다. 절대 필요한 충언이다. 그러나 희망과 용기라는 두 기둥 아래에는 철저한 반성과 해체의 반석이 깔려 있어야 한다.

그렇지 않고 무턱대고 청소년들에게 책임도 지지 못할 '희망과 용기'를 불어넣으려 '너희를 사랑해!' '우리는 너희를 믿어!' '신나고 재밌는 웃음코드'라는 주문을 되풀이하면 어떨까? 우리는 정작 현실과 싸우고 타협하고 조율하는 과정 속에서 심한 괴리감이 생겨 절망감을 느낄 수 있다.

물론 어른들은 그러면 안 된다는 것을 알고 있다. 그러나 스스로 마법에 걸린 듯 아이들에게 요구한다.

"넌 겨우 십대 중반이잖아. 그러니까 중·고등학교 다니는 6년만 고생하면 앞으로 네 칠팔십 년은 보장되는 거야! 얼마나 괜찮니? 6년만 고생하면 좋은 대학 가고, 좋은 대학 가면 좋은 직장 들어가고, 좋은 직장 다니면 좋은 배우자 만나고, 좋은 배우자 만나면 인생 편해지고! 그러니까 딱 6년만 이 악물고 공부해라! 딱 6년! 그러면 그 나머지 칠십, 팔십 인생은 평탄대로야! 알았지, 딱 6년만! 넌 할 수 있어! 네가 좋아하는 아이돌 스타들도 연습생 시절을 몇 년 이상 하는 건 보통이라잖아. 누구는 7년이나 거쳤다잖아!"

그 말들 속의 키워드는 '성공'이다. 6년이건 7년이건 이 악물고 공부할 수는 있다. 그런데 어른들이 바라는 건 '일류, 일등과 성공'이다. 정말 열심히 하면 다 성공할 수 있을까? 무대에 오르는 스타는 단 몇 명인데, 그 무대 아래에서 스타를 위해 박수를 쳐주는 사람들은 제 인생을 열심히 살지 않았단 말인가? 무대에 오르는 스타는 한 명인데, 스타를 위해 진정으로 박수를 쳐주는 다수는 비천하단 말인가? 모차르트가 되지 않는다면 살리에르는 존재 가치가 없다는 것인가?

가난하지만 화요일마다 독거노인들을 위해 도시락을 배달하는 아주머니는 닮으면 안 되는 것일까?

얼굴 한 쪽이 화상으로 일그러졌지만 수요일마다 지체장애 어린이집에서 빨래를 하는 사람의 두 손은 우리의 롤 모델이 될 수 없을까?

많이 배우지 않았어도 목요일마다 아기들을 보살피러 보육원으로 뛰어가는 사람의 심장은 우리의 멘토가 되면 안 될까?

텔레비전에 단 한 번도 나오지 않았지만 열악한 환경의 외국인 노동자들을 위해 토요일마다 밥을 짓는 사람의 앞치마는 우리의 아이콘이 될 수 있지 않을까?

자식을 위해 단 하루도 쉬지 않고 식탁을 차리고, 기도를 하며, 아이의 책상을 닦는 엄마! 일터에서는 온갖 서러움과 울분, 그리고 비굴함마저 삼켜야 하면서도 집 대문 앞에서는 애써 웃음을 짓고 들어서는 아비들의 가슴! 그들은 우리의 롤 모델과 멘토의 일 순위가 아닐까?

"물론 그래야죠! 그래야 진정으로 함께 사는 시민사회이며, 진정한 가정의 역할을 하는 거지요!" 하면서도 우리는 매스컴과 상업성의 대부들이 선정한(?) 롤 모델과 멘토, 그리고 아이콘에게 달려간다. 그들의 화려하고 빛남, 풍요로움과 넉넉함, 앞서감과 정상, 느긋함과 여유로움을 동경한다, 박수친다. 여기서 잠깐! 그대가 갈망을 담아 바라보는 두 눈을 돌려라. 그대가 열망하며 흔드는 두 팔을 내려라. 그대가 숭배함으로 뛰는 가슴을 식혀라. 그대가 닮기 원하여 되고픈 그 아이콘, 롤 모델, 멘토를 자신 뒤로 하고 돌아서라. 그리고 그대의 거울 앞으로 다가 오라, 그리고 조용히 그 앞에 서 보라.

무엇이 보이는가?

우리는 백설공주가 아니니 "거울아, 거울아. 세상에서 누가 제일 예쁘니?"라고 묻지는 마라. 우리는 점쟁이를 찾아온 손님이 아니니 "거울아, 거울아. 내가 나중에 성공할 것 같니?"라고도 묻지 마라. 대신 아무 의문 없이, 말 없이 거울 속을 보아라 누가 우리를 보고 있는가? 거울 속의 한 사람, 어떠한가?

이제껏 어른들이 강요하고 권하던 수많은 롤 모델과 스스로 찾아다니던 많은 아이콘의 인물은 다 잊어버리고 우리 자신을 보아라. 우리 얼굴을 보아라. 그리고 우리의 고민과 아픔과 누구에게도 말 못한 슬픔을 끄집어내어라. 아프겠지만, 서글프겠지만, 때로는 절망감도 설핏 들겠지만 철저히 우리 자신을 보아라.

성공했기에, 일등이기에, 일류 인생이기에, 잘났기에, 예쁘기에, 심지어는 섹시하기에 박수 받는 저 무대 위의 스타들을 잠시 뒤로 하고 자기 자신에게 몰두하라. 즘 더 솔직하고, 냉정하고, 철저하게 자신을 살펴보아라.

'우리가 주목하는(we fix our eyes) 것은 보이는 것이 아니요, 보이지 않는 것이니, 보이는 것은 잠깐이요, 보이지 않는 것은 영원함이니라.'는 말이 있다.

이제껏 보여 주는 것에 우리들의 영혼과 가슴을 너무 휘둘려 왔다. 이제라도 거울 앞에서, 책상 앞에서, 걸어가는 그 길 위에서 때때로 자신을 보아라. 자신에게 쉼 없이 말을 걸자. 자신에게 집중하자. 자신의 어디가 아픈지, 어디에 상처딱지가 있는지, 어느 곳에 새싹이 나오는지, 어디에서 새살이 돋고 있는지!

그리하여 우리 인생의 멋지거나, 예쁘거나, 얌전하거나, 야무지거나, 소박하거나…… 스스로 아이콘이 되어 보자. 허상은 결단코 진짜를 병들게 하거나 왜곡된 길로 내몰기 마련이므로!

'모소' 대나무처럼
기다려 봤니?

이야기 1   중국 동부에서 많이 자라는 '모소'라는 대나무는 하루 만에 쑥쑥 잘 자라나는 것으로 유명해서, '급작스러운 성장과 부흥'의 대명사로도 불립니다. 그러나 실상은 전혀 다릅니다. 모소는 4년 동안 물과 거름을 주지만 겉으로는 전혀 성장하지 않는 것처럼 보입니다. 하지만 땅속에서는 뿌리를 수백 제곱미터에 이르도록 부지런히 퍼뜨린다고 합니다. 그러다가 5년째 되는 해에는 놀랍게도 하루에 한 자 이상 자라기 시작해 6주 만에 15미터나 커진다고 합니다. 모소는 6주일 동안 '갑자

기' 자란 게 아니라 5년 동안 '천천히' 자란 것입니다. 비록 현재 하고 있는 일이 열매가 보이지 않는다고 해서 낙심해서는 안 됩니다. '미래'는 '현재의 총합'이기 때문입니다. '그때'를 향해 인내하면서 최선을 다하면 열매를 거둘 것입니다. 국민일보

이야기 2 **오버 싱킹**Over thinking 부정적인 생각이 꼬리에 꼬리를 물고 계속되는 현상을 뜻한다. 일어나지 않은 일에 대한 걱정, 이미 내뱉은 말에 대한 후회, 다른 사람에 대한 근거 없는 의심, 지나가면서 던진 동료의 한마디에 도무지 끝나지 않는 추측 등이 그것이다. 상황에 따라 당연히 걱정해야 하는 경우와 불필요한 오버 싱킹은 아주 간단히 구별된다. 오버 싱킹의 대부분은 '만약'이라는 가정을 포함하기 때문이다. 오버 싱킹에서 벗어날 수 있는 방법은 중요한 일, 재미있어 하는 일에 몰입하는 것. 그것에 푹 빠지는 재미가 좋은 방법이다. 심리학에서는 이를 '몰입(Flow)'이라고 한다. 무아지경(無我之境)으로 풀이해도 괜찮다. 즉, 자기가 좋아하는 일에 푹 빠져 시간 가는 줄 모르는 상태를 뜻한다. 《노는 만큼 성공한다》 중에서

슬로우 싱킹Slow thinking 천천히 생각하고 집념을 버

리며, 주어진 문제 자체에 깊이 집중하는 것.

'기다림'

이 말을 들었을 때에 아이들은 '왜 기다려?'라고 반문

한다.

"왜 기다려? 돈 더 내면 되지!"

"왜 기다려? 전화하면 되지!"

"왜 기다려? 전자렌지에 돌리면 되지!"

"왜 기다려? 인터넷으로 찾으면 되지!"

"왜 기다려? 퀵 부르면 되지!"

그러다가 무언가 뜻대로 되지 않으면…… 말이 바뀐다.

"왜 기다려? 안 하면 그만이지! 못 하면 그만이지! 안

먹으면 돼! 됐다고 해! 안 해! 못 해! 됐거든!"

나중엔 험한 말까지 나온다.

"그럼 그렇지, 네 따위가 뭘!"

"그럴 줄 알았어. 다 필요 없어!"

"그래, 내가 뭘 하겠어! 끝이야, 끝!"

기다림에 대한 실망감, 짜증, 화는 마침내 나 자신과 나의 환경과 나의 미래는 물론 상대방과 세상까지 몽땅 부정하거나 경멸하는 지경으로 치닫는다.

도대체 우리는 무슨 일을 하려고 하기에, 어떤 것을 계획하고 노력하기에 한 시간도 아닌 십 분, 오 분의 기다림에도 그토록 속상해 할까? 마구 짜증을 내며, 때로는 분노심까지 품는 걸까?

어른들은 말한다.

"휴대폰이랑 인터넷이 아이들을 망쳐 놨지! 단 일 초도 못 기다리는 빽빽이(조금도 참지 못하여 제 성질나는 대로 소리를 빽빽 지른다는 뜻)들로 말이야!"

맞는 말 같다. 휴대폰의 문자 메시지만 해도 그렇다.

친구에게 '뭐해? 어디야?'라고 문자 메시지를 보냈는데, 당장 답장이 오지 않는다. 그러면 섭섭함을 지나 '나를 싫어하고 피하나?'라는 의심과 불안의 낭떠러지 끝에 선다. 좋아하는 이성 친구의 답장 메시지가 제때 도착하지 않으면 그 의심과 불안감은 커진다. 마음을 '다른 이성 친구가 생겼나? 우리 이제 끝인가?'라는 절망의 계곡으로 거침없이 끌고 간다.

인터넷에서도 마찬가지이다. 지금 우리나라의 인터넷 접속률은 홍콩, 일본, 독일 등을 가볍게 제치고 세계 1위이다. 그런데도 각 인터넷회사들은 동축케이블에 광랜 모뎀을 달아서 또는 비대칭형 광랜상품으로 평균 다운로드나 업로드 속도를 말 그대로 '왕 증폭'시켰다고 자랑한다. 한마디로 '지구상에 이보다 더 빠른 제품은 없다.'이다.

또 사람들은 지금보다 더 빠른 게 있다면 무슨 대가를 지불하고라도 달려간다. 더 빠른 게 없냐고 이리저리 수소문한다. 조금이라도 '늦은' 제품은 헌신짝 버리듯 한다. 그래도 손해 볼 게 없으니까!

우리들에게 공부 다음으로 밀접한 관계인 휴대폰과 인터넷의 이런 눈부신, 아니 눈동자가 팽팽팽팽 돌아가는 무서운 속도 경쟁의 환경! 바로 이런 것이 우리 청소년들의 머리와 심장의 모든 것을 바꿔 놓는다는 게 어른들의 말이다.

처음에는 인간의 편리를 위해 기계들이 진화했는데, 이제는 인간이 기계의 진화 속도를 따라가느라 헉헉댄다는 말도 있다. 아예 기계를 닮은 새로운 인종이 되어 가고 있다는 공상과학 소설 같은 걱정도 한다.

그렇다면 이 모든 현대판 재앙(?)인 속도 경쟁의 범인은 정말 휴대폰과 인터넷일까? 재판정에 서야 할 존재는 정말 휴대폰과 인터넷일까? 그래서 오늘 그 두 범인을 법정에 세워 보았다.

판사 너희들은 오늘 왜 이곳에 서게 되었는가?

휴대폰 판사님, 우리를 불쌍하게 여겨 주십시오. 우리의 성은 휴이고, 이름은 대폰입니다. 사실 우리들도 정신이 하나도 없습니다. 저희는 어느 날 갑자기 '혁신적'이란 이름 아래 폴더와 플립이라는 두 종족으로 강제 분리되었습니다. 그래서 형제끼리 원수처럼 경쟁하며 살았죠. 그래도 한 핏줄이니 나중에는 평화를 유지했죠. 그런데 21세기가 되면서 우리는 다시 합체되어 스마트라는 또 다른 종족이 되었습니다. 인간들은 우리를 보고 자기네들의 지식과 지혜를 뽐내지만 우리는 정신이 하나도 없습니다. 좀 살만 하면 또 우리를 뒤집고 흔들고 하면서 또 다른 종족으로 만들어 대니 말입니다. 우리도 좀 쉬고 싶어요. 우리에게 최소한의 인권, 아니 휴대폰권을 주십시오. 아니 인간들은 잠도 안 잡니까? 밥도 안 먹습니까? 그렇게 우리들만 두들겨 대고, 밀고 당기고 하니, 인간이 변하는 건 우리 탓이 아니라고요!

판사 여긴 엄숙한 법정이다. 자제하라! 다음은 인터넷이 말하라.

인터넷 말할 게 뭐 있나요? 나는 성이 인이고 이름은 터넷입니다. 내가 하루, 아니 십분 만이라도 멈추면 세계 전체가 아수라장이 되는데요. 난 내가 왜 여기 나왔는지 모릅니다. 우리 보고 뭐라고 하는 어르신들한테 묻고 싶습니다. 당신 자식들을 우리가 망친다고 하는데, 그럼 지금 당장 우리들이 사라져 볼까요? 하하하, 염려 마십시오. 영원히 사라진다는 게 아니라 단 하루만 숨어 있을까요? 히히히, 아마 그러면 어르신들도 애들 못지않게 속이 터질 겁니다. 판사님, 날 죽이든 살리든 마음대로 하세요. 그러고 보면 대폰이는 나보다 순진한 것 같네요. 불쌍히 여겨 달라 하면서 말이 많은지! 그냥 나처럼 차라리 우릴 감옥에 가두라고 하면 될걸! 그렇게 되면 전 세계 인간들이 몰려와서 우리를 당장 풀어 주라고 항의할 텐데! 히히히…… 대폰아, 그만 울어라. 나까지 창피하잖아!

휴대폰 알았어, 미안해. 터넷아…….

판사 조용! 조용! 둘 다 너무 무례하다! 법정에서는 절대 정숙이다.

인터넷 그러니까 문제가 어디에 있는지 다시 조사하고 진짜 범인을 잡으란 말입니다.

휴대폰 네, 네! 터넷이 말이 맞습니다. 우린 무죄입니다. 그리고 빨리 보내 주십시오. 할 일이 태산 같아요. 아마 여기서 나가자마자 우리의 주인들이 어디 갔다 왔냐면서 우리 목을 쥐고 흔들 겁니다. 흑흑흑…….

뭐, 그래서…… 대폰이와 터넷의 재판은 없던 걸로 됐다는 말이 있다. 오히려 그 다음 날, 더 빠르고 더 선명하며, 더 완벽하고 더 세련된 휴대폰과 인터넷이 나왔다는 뉴스가 넘쳐 났다나! 그런데 들리는 말에 의하면 재판을 맡은 판사가 터넷이와 대폰이의 무죄를 가장 강력하게 주장했다고 한다. 그날, 법정 맨 앞자리에 앉아 있던 판사의 아들과 딸이 재판 내내 자기 아버지를 째려보고, 흘겨보고 해서 말이다.

그렇다면 아이들의 조급증을 탓하기 전에 그렇게 만든 1차적인 원인은 무얼까? 범인은 정말 누구일까?

아이들은 말한다.

"부모님이랑 선생님들 때문에 우리가 이렇게 됐어요!"

"시험이랑 성적 때문이에요!"

아이들은 하소연한다.

"우리는 겨우 십대예요. 인생의 십분의 일, 아니 짧게 잡아도 겨우 인생의 팔분의 일을 살았단 말이죠. 그런데 당장 지금의 성적으로만 우리를 판단하잖아요. 지금의 성적이 우리 삶의 질이나 미래 그림을 결정짓는 건 아닌데도 말이에요. 조금 더 기다려 주면 안 되나요? 아니, 인생 끝까지 그냥 봐주면 안 되나요? 결국 어른들은 우리를 믿지 못한다는 말이잖아요."

그렇다. 예를 들어 부모는 중학교 1학년 아들, 상호의 성적표를 앞에 놓고 말 그대로 애를 잡는다. 그리고 섬뜩한 예언까지 한다.

"지금 이 성적 보니 네 앞날이 아주 창창하다, 창창해! 아주 자알…… 살겠다. 하나 보면 열을 안다고 했어! 네 성적 꼬라지를 보니 네 인생 꼬라지가 저절로 그려진다! 이런 성적으로 앞으로 뭐가 되려고? 서울대 나와도 실업자 되는 세상인데 평생 알바나 하면서 살 거냐?"

상호가 울컥한다.

"이제 시작이잖아요. 앞으로 더 노력할게요. 앞으로 시험은 또 있어요."

엄마도 울컥한다. 그러나 참는다.

'그래, 참자, 참아. 내가 참자.'

하지만 그것은 상호를 생각해서 참는 것이 아니다. 엄마는 단번에 성적이 슈웅 하고 비상하기를 기대하며 참는 것뿐이다. 상호의 인생을 길게 보고 당장의 성적 향상이 아니라 삶에 최선을 다하는 성실성을 보고 기다리는 것이 아니다. 분명히 성적이 올라갈 거라는, 아니 올라가야 한다는 억지믿음과 조바심으로 잠시 참는 것뿐이다.

아직 십대 초반의 상호이지만 엄마의 마음을 모를 리 없다. 그래서 상호도 마음을 가라앉히고 말한다.

"엄마, 나를 믿고 그냥 기다려 주세요. 공부 잘하고 못하고를 떠나서 인생을 잘 살아갈게요. 그러니까 옆에서 응원하면서 지켜봐 주세요."

'공부 잘하고 못 하고를 떠나서' 이 말에 엄마의 마음이 완전 꽂혔다. 엄마의 가슴이 다시 울컥한다.

"그건 아니야! 엄마는 보고 싶어. 초등학생일 때는 건강하고 귀엽고 착하면 됐지. 그걸로 웬만한 너의 단점을 덮을 수 있었어. 하지만 이젠 아니잖아. 중학생부터는 점수가, 실력이, 성적이 바로 네 앞의 칠팔십 년의 인생을 결정짓는데 내가 어떻게 가만 앉아서 기다리니? 내가 무슨 옆집 아줌마야? 그냥 박수 치면서 이래도 좋아, 저래도 좋아 하면서 응원하게? 엄마가 솔직히 말할게. 못 기다린

다. 그러니까 지금 잘해."

순간 상호는 입을 다문다. 그리고 시험 보기 전, 가족이 함께 본 뉴스를 떠올린다. 세계구호단체의 협력회원이 되어 활발하게 활동을 하는 학생들. 일주일에 한 번씩 새 터민 학생들의 공부방에서 자원봉사하는 아이들에 대한 뉴스였다.

그때 분명히 엄마가 그랬었다.

"결국 우리나라도 이런 학생들 때문에 미래가 밝아. 대견한 아이들이네."

아빠도 말했었다.

"세상에는 공부 잘하는 애들과 못하는 애들, 이렇게 딱 두 부류만 있는 줄 알았는데……."

상호는 그날 일을 생각하며 고개를 끄덕였다.

'그래. 세상 그 누구도 우리가 걸어가는 걸 기다려 주지 않아. 빨리빨리 뛰기만 바라지. 빨리빨리 성적도 올라가길 바라고…….'

그때 친구의 전화가 왔다. 친구는 다짜고짜 소리를 질렀다.

"얌마! 왜 내 문자 씹어?"

"언제 보냈는데?"

"쫌 전에!"

이렇게 '쫌 전'의 기다림조차 견디지 못하는 아이들.

그렇다면 '쫌만(잠시만)' 생각해 보자. 왜 우리는 기다리지 못할까?

여러 이유가 있겠지만 근본적인 원인은 자존감의 결여 때문이라고 한다. 상대방이 바로바로 내 질문이나 요구에 답하지 않으면 '나를 무시하는구나.' '내 말 따위는 신경도 쓰지 않네.' '내가 그렇게 우습게 보이나?'라는 생각에 곧바로 화를 내고 격한 말을 하게 되는 것이다.

잘 참고 기다리지 못하고, 금방 버럭버럭 화를 내고, 단번에 거친 말을 쏟아낸다. 이런 반응은 결국 우리 자신의 가치를 스스로 떨어뜨린다. 상대방에게도 우리 자신을 허름한 존재로 보여 주게 된다.

공주처럼 살고 싶다고? 그럼 먼저 공주처럼 행동하고 말하라.

왕자처럼 대접받고 싶다고? 그렇다면 먼저 왕자처럼 품위를 지켜라.

길고 긴 인생을 날마다 아등바등, 허겁지겁, 혁혁 힘들어하며 살지 말고!

앞마당 뒷마당 쓸어 대고, 앞논과 뒷밭 돌보느라 허리가 휘도록 힘겹게 뛰어다니는 하인처럼 자신을 비천하게 만들지 말고!

낙심했다고?
그럼 네 마음은 어디에?

폭력적 언행과 냉소적 시선, 허무감과 상실감 등 꼬질꼬질하고 구질구질하며 칙칙한 친구들이 아주 많이 있음.

- **낙심을 싫어하고 멀리하는 아이들** 답은 간단하다. 절망부터 실패의식까지 모든 단어를 거꾸로 생각하면 된다. 예를 들어 희망, 용기, 자신감, 부드러움, 이해와 긍정의 사고처럼!

뉴스 이시영 사회정신건강연구소장은 문제 청소년들을 추적 조사한 결과를 토대로 '학교좌절 증후군' 환자들이 많다고 했다. 이 증후군은 민감하고 꼼꼼한 성격에다 욕구수준이 높은 학생들이 여러 이유로 인해 발병하는 것으로 갑자기 좌절을 경험함으로써 당황해하고 초조, 불안, 집중력 장애 등으로 성적이 떨어지고 자존심에 큰 상처를 입는다는 것이다. 그동안 모범생으로 인정받던 학생들이 갑자기 자존심에 큰 상처를 입고 난 뒤 모든 책임을 부모, 친구, 교사 탓으로 돌리거나 가정에서 이상증세를 보이고, 심해지면 상습적으로 부모를 폭행하거나 학교를 가지 않고 집 안에만 틀어박혀 지내므로 적극적인 치료를 받게 해야 한다고 이소장은 덧붙였다. 연합뉴스

위에 있는 물건이 아래로 떨어지는 법이고, 훨훨 날아가는 새가 바닥으로 추락하며, 나뭇가지에 달린 꽃송이가 바람에 진흙탕 속으로 꽂히는 것이다. 이처럼…… 사람도 그러하다.

잘하려고 하는 사람, 잘하고 있는 사람에게 갑자기 어려움도 따른다. 그것이 공부이든 친구나 이성과의 관계이든, 일상의 생활리듬이든…… 나름 잘하려 애쓰며 이를 악물고 여러 어려움의 요소들을 잘 헤쳐 나가고 있는데, '이게 뭐지?' 하며 갑자기 삐끗한다. 또는 자기도 모르는 사이에 점점 비뚤어지고, 구부러지며, 뒤틀리거나 뒤죽박죽이 된다.

"너 요새 왜 그러니? 너답지 않게? 딴 생각하고 사니?"

"그럼 그렇지. 요즘 좀 잘하나 했더니…… 쯧쯧. 며칠을 가겠니, 네가!"

"너 저번 주부터 나한테 왜 그러는 거야? 무슨 일 있어?"

이런 질책이나 물음들이 쏟아지는데 입이 열리지 않는다. 혀는 안으로 더욱 단단히 말리고, 입술은 순간접착제를 친듯 들러붙었다. 그뿐인가. 웃옷 속에서 마음의 문이 어느새 철커덕 소리를 내며 닫혀 버린다.

이번 글의 주인공인 우성이도 사실, 할 말은 있다.

"정말 내 딴에는 열심히 했는데 성적이 오르지 않아요. 오히려 이번엔 점수가 떨어졌어요."

"나라고 이러고 싶겠어요? 나도 컴퓨터 멀리하고, 밖으로도 덜 돌아다니고 엄마 아빠한테 부드럽게 말하고 싶죠. 그런데 마음대로 안 되는 걸 어떡해요?"

"친구야, 내가 뭘 어쨌다고 그래? 난 그대로야. 네가 단 친구 생긴 거잖아? 그래서 나한테 일부러 시비 거는 거 아니야?"

하지만 우성이는 이런 말조차 하기 싫다. '변명처럼 들리겠지, 만날 하는 투정이라 여기겠지, 공부 못하니까 핑계라고 생각하겠지.' 하며 고개를 숙인다. 아니 옆으로 돌려 버린다. 그러자 이상하게도 마음까지 홱 돌려지는 듯하다.

그러자 이상하고도 낯선 손님의 그림자가 우성이의 마음을 헤집고 들어온다. 마치 우성이의 마음이 제 집인양

당당하게 들어온다. 굳게 닫아 버린 우성이의 마음속 문도 쉽게 연다. 그리고 아예 자리를 잡고 누워 버린다. 그러더니 그 낯선 존재가 우성이 마음의 주인 노릇을 한다. 그 무례한 불청객의 이름은 '낙심'이다.

그 불청객은 시험을 치르는 동안이나 시험 결과가 나올 때는 어김없이 나타난다. 또한 시도 때도 없이 불청객은 우리들의 마음을 헤집고 들어온다. 친구와 사이가 좋지 않을 때에, 부모님과 관계가 불편할 때에, 그리고 무언가 갖고 싶은 것을 가질 수 없을 때에, 거울 속의 제 모습이 마음에 영 안 들 때에도……. 그 순간부터 마음은 낙심의 터널로 들어선다.

그 터널을 통과하는 동안 자기 성장과 긍정의 모습으로 변화하기도 한다. 하지만 그것은 섣부른 희망이 될 수도 있다. 낙심이란 터널은 사람에게 그리 후하지도 인자하거나 만만하지도 않으며 대충 넘어가지도 않는다.

낙심, 즉 마음이 바닥으로 떨어지면 그 빈 마음자리에 가장 먼저 찾아오는 것이 원망이기 때문이다. 이번에 시험 성적이 잘 나오지 않은 우성이도 낙심 끝에 원망이 들었다. 그 원망의 화살은 늘 가장 가까운 사람, 자기를 가장 사랑하는 사람들에게로 날아간다.

－ 우리 집이 공부하기에 좋은 환경이었다면…….

－ 내가 조금 더 좋은 학원에 다녔다면…….

－ 엄마 아빠가 다른 집 부모들보다 좋은 학교를 나온 사람들이었다면…….

자기 외모에 불만이 많은데다가 집안 환경이 최근에 나빠진 민아도 그러하다.

－ 우리 부모가 부자거나 출신 좋은 집안사람들이었다면 좋겠어.

－ 엄마 아빠 둘 중 한 사람이라도 얼짱이라면…….

친구와 다툰 태우도 마찬가지이다.

－ 나쁜 자식! 자기만 잘난 줄 알아!

－ 그런 인간성 가지고 뭐가 되겠어? 자기네 아빠가 사장이라고 자기까지 나한테 사장 노릇하려고 해?

이 원망은 곧바로 좌절로 이어진다.

– 성적이 이 모양인데 열심히 해봤자 무슨 소용 있겠
  어? 그냥 하고 싶은 대로 살다가 가는 거지. 열심히
  해봤자 뭐가 달라지겠어?
– 우리 집은 부자될 가능성이 없어. 내가 뭔가 하고 싶
  다고 해도 지원해 주지도 못할 거야. 그리고 나는 얼
  굴도 얼짱이 아니라서 사회적으로 성공하긴 틀렸어.
– 친구고 뭐고 다 필요 없어. 이 세상에 믿을 사람은
  하나도 없어. 그냥 투명인간처럼 살래.

그런데 무서운 일이 있다. 낙심에서 시작된 이 원망과
좌절이라는 터널의 종착역은 '자기 포기'와 '자기 부정'이
라는 슬픈 역이다.

– 나는 뭘 해도 절대로 안 돼!
– 나는 이제 끝났어.
– 나는 가망 없는 인간이야!

바닥으로 떨어진 우리들의 '마음'들.

그래서 빛을 잃고, 상처입고, 아파서 눈물 흘리는 우리
들의 '마음'들.

이제 겨우(?) 간신히(?) 고작(?) 십몇 년을 산, 살아온, 어리고 여린 인생들인데!

어른들의 눈에 그 낙심한 마음의 까닭이 어설프고, 하찮고, 가볍고, 때로는 사치스러운 고민과 같잖은 몸부림으로 보일 수 있다.

"그 정도 고민 가지고! 그런 걸로 따지면 우리는 벌써 인생 포기했어."

"별 핑계를 다 대네! 지 능력 없는 걸 가지고 왜 부모 탓을 해?"

"죽을 정도로 노력을 해 보고 포기든 좌절이든 해봐!"

물론 세상 어른들이 다 이렇게 무정하고 냉정하진 않다. 세상 시선이 이렇게 차갑고 매섭기만 하진 않다.

"얘야, 엄마(아빠, 또는 선생님이나 선배) 말 좀 들어 볼래?"

누군가 이렇게 말하며 부드러운 손을 내민다.

"얘들아, 지금 네 마음이 낙심되어서 힘드니?"

그렇다면 낙심의 반대편에는 무엇이 있을까? 우리는

보통 행복이라고 말한다. 행복, 즉 Happy의 어원은 행운을 뜻하는 'hap'에서 유래했고, '신이 허락한 좋은 시간'이란 의미가 담겨 있다.

그런데 행복에는 다음과 같이 두 가지 측면이 있다고 할 수 있다.

행복을 갖는 것　복권 당첨, 성적 향상, 뜻밖의 선물 등등 외적인 요건에 의해 생기는 일 때문에 생기는 만족감.

행복을 느끼는 것　지극히 주관적인 상태로 외적 조건과 관계없이 제 마음을 조절하여 갖게 되는 편안하고 만족하는 마음.

그리고 행복을 공식으로 만든 경우도 있다.

Personal Characteristics　인생과 삶의 가치관, 환경 적응력, 생각의 유연성 등.

Existence　건강, 돈, 인간관계 등 삶을 유지해 가는 최소한의 생존 조건.

Higher Order Needs 야망, 자존심, 기대치, 유머 등 생존조건보다는 조금 더 고차원적인 조건들.

이 세 가지 항목을 수치로 측정하여 행복감, 삶의 만족도를 나타내는 사람들도 있다. 그러나 문제는 여전히 남아 있다. 그 문제의 원인은 사람의 채워지지 않는 욕망에서 비롯된다.

하나 가진 사람은 둘을 갖고 싶어 한다. 둘을 소유한 사람은 그보다 더 많이 갖기 바란다. 그러다 보니 남의 것을 빼앗거나 나보다 더 가진 사람을 시기하고 질투하는 것이다. 20등인 학생은 10등을 원하고, 10등은 5등을, 5등은 1등을 바라본다. 그리고 1등은 그 자리를 지키느라 1등의 행복감은 잠시일 뿐 불안과 초조함에 시달린다.

이런 식의 그칠 줄 모르는 '더, 더, 더!'의 욕망은, 물질은 물론 외모나 지위 등 삶의 모든 자리에서 일어난다. 게다가 아무리 노력해도 성적이 별로 오르지 않는다, 예뻐지지 않는다, 우리 집은 부자가 될 수 없다, 괜찮은 여친(남친)을 사귈 수 없다라는 생각에 빠지면 스스로를 루

저라고 여기게 된다. 마음은 끝을 알 수 없는 아래로, 아래로 떨어지고 만다. 그리고 자신의 미래까지 쉽게, 단번에 포기하기도 한다.

하지만!

그렇게 가벼이, 가혹하게 제 인생을 스스로 판단하기에는 아직 우리들은 하지 못한 일들이 너무 많다. '알고 있는가?'라고 묻고 싶다.

성적의 좋고 나쁨이 우리 삶의 품격을 쥐락펴락 할 수 없음을.

돈의 많고 적음이 즐겁고 불행하고를 좌지우지 못한다는 것을.

외모의 조건 따위가 사랑을 이루어지게 하거나 무너뜨리지 못함을.

그런데도 우리나라 청소년들의 자살과 가장 큰 고민의 원인 1위가 '성적'이라는 통계가 나왔다. 그래서 시험 한 번 칠 때마다 엄청난 스트레스와 염려와 좌절 속에서 헤맨다. 꽃 같은 십대, 두려울 것 없는 십대, 뭘 입고, 뭘 해

도 예쁘다는 십대, 달콤한 십대, 무한가능성의 십대 등등 온갖 아름다움과 찬사를 '십대'라는 말 앞에 붙여도 전혀 어색하지 않은 우리들! 그런 우리들이 한 번의 시험 성적, 당장의 가정 형편으로 미래의 팔십 년, 구십 년의 인생을 아예 포기한다면 너무 억울하지 않은가?

다시 묻고 싶다.

'상상해 보았는가?'

그대들의 스무 살, 서른, 마흔…… 그때 어떤 모습일지.

'억울하지 않은가?'

겨우 지금 당장 닥친 문제로 앞으로의 인생을 망쳐 버린다는 게?

지구의 나이는 45억 년이 넘는다. 그리고 앞으로 또 45억 년이 흐르겠지. 그런 어마어마한 시간 속에서 그대는 45억 년 전에도 없었고, 앞으로 45억 년 미래의 시간 속에서도 나올 수 없는 오직 단 한 명, 유일무이한 존재, 생명이다.

그런데 성적 때문에, 그깟 거울에 비친 얼굴 때문에, 당장 집 안이 어렵다 하여 90억 년 시간 속의 단 하나의 존재인 '나'를 스스로 천대하며 비루하게 버려둘 것인가?

어제 시험이 끝났는데, 성적이 나쁘다 하여 고개 숙이지 말자. 바닥에 떨어뜨려 버린 그대 마음, 그대 심장, 그대 희망, 그대 미래! 힘껏 들어 올려라!
그대, 90억 년 시간 속의 유일무이한 존재여!

어느새 그대,
바다 한가운데로 나와 있다

젤리피쉬(jellyfish).

참 예쁜 이름이다. 그래서인지 젊은이들이 많이 다니는 거리에서 이 이름의 간판을 자주 볼 수 있다. 젤리피쉬는 누구나 알고 있듯이 해파리이다. 바다 생물인 해파리는 식용으로 먹기도 하지만 대부분 우리에게는 무익하며, 유해한 존재이다. 하지만 지금 지구의 바다는 해파리와 전쟁 중이다.

바닷속 생물을 무차별적으로 먹어 치우며 인간의 생업과 생명을 위협하는 해파리. 그들은 고래처럼 몸뚱이가 거

대하지 않다. 상어처럼 강력한 이빨도 없다. 날치처럼 재빠르지도 않다. 문어처럼 머리가 좋은 것도 아니다. 거북이처럼 딱딱한 등껍질로 자신을 보호하지도 않는다. 악어처럼 무시무시한 꼬리로 상대를 기절시키지도 못한다. 꽃게처럼 발이 열 개도 아니다. 소라나 고둥처럼 든든한 피난처를 지니고 다니지도 않는다. 게다가 부레나 지느러미도 없다.

그냥 몸뚱이만 있다. 말 그대로 젤리처럼 물컹물컹한 몸, 그것을 한천질이라고 하는데 그 덕(?)에 해파리들은 헤엄치는 힘이 약해서 물속을 떠돌며 생활한다. 평생 부유생활을 하는 부평초나 다름없다. 어떤 종류는 기껏 성게나 불가사리 같은 남의 몸에 붙어서 기어 다닌다. 한마디로 해파리는 저들의 의지와 판단력, 심지어는 기호나 놀이방식 없이 해류와 바람, 파도에 의해서 움직이는 존재이다.

청소년! 사춘기의 심장과 머리, 두 발과 두 눈에게 말하고 싶다.

인생의 바다 위에서 이제 막 홀로 항해를 시작한 청춘들이여!

그대들은 어떤 삶의 가치관과 미래에의 소망을 키워 나가느냐에 따라 수천, 수억 마리의 해파리들 중 하나가 되어 이리저리 떠다닐 수도 아닐 수도 있다.

그러나 묻고 싶다.

이 세상 그 누가 자신을 잡초처럼 만들고 싶은 사람이 있는가?

이 세상 그 누가 자신의 인생을 해파리처럼 허망하게 흘러가도록 손 놓고 있겠는가?

그렇다면 그대들은 어떻게 삶을 살아갈 것인가?

요즘 청소년들은 '애쓰고 힘들여 스스로 만들어 가는 삶'보다는 '이미 넉넉하고 안전하며 완성되어 그대로 누리기만 하면 되는 삶'을 생각한다. 그러다 보니 생기는 것이 불만이고, 느는 것이 원망이다.

'왜 우리 부모님은……' '왜 우리 집은……' '왜 우리 학교는……' '왜 선생님은……' 이런 생각은 결국 스스로를 억압하고 미워하여 무언가를 시도하기도 전에 포기하고 낙담하게 만든다. '내가 뭘……' '나는 안 돼!' '내가 해봤자……' '난 됐거든!' '내가 그렇지 뭐……' '난 끝이야!' 하며, 스스로 한 마리의 젤리피쉬가 되고 만다. 물컹물컹 해파리처럼 흐느적대며 인생의 바다를 떠다닌다.

그러나 잠깐!

아인슈타인을 생각해 보자. 그의 천재성이 얼마나 위대했으면, 그의 사후에 과학자들이 아인슈타인의 뇌를 꺼내어 갖가지 방법으로 조사했을까? 그 결과는 충격적이었다.

간략하게 정리하면 '외형적으로 볼 때 아인슈타인의 뇌는 해부학적 측면에서 그리 특별한 점이 보이지 않았다. 오히려 일반인들의 뇌보다 약간 가벼웠다. 보통 사람의 뇌와 별다른 차이가 없었다. 한 가지, 다른 사람들의 뇌와 구별되는 점은 하부두정엽이 정상적인 크기보다 15프로 정도 넓다는 사실이었다. 학자들에 의하면 하부두정엽은 시공간을 인지하고, 수학적 사고를 돕는다고 한다. 아인슈타인은 바로 이러한 하부두정엽으로 시각적 이미지를 수학적 언어로 변환시키는 데 뛰어난 통찰력을 가질 수 있었다는 것이다. 그 외에는 별다른 특별한 점은 보이지 않았다.' 라는 내용이다.

놀랍지 않은가? 1세기에 한 번 나올까 말까 한 천재의 머리가 보통 사람과 별 차이가 없다는 사실이! 어학과 박물학 성적이 좋지 않아서 낙방한 적도 있는 아인슈타인은 그저 자기가 좋아한 수학과 물리학 분야에만 몰두했다. 그리고 음악을 좋아해서 친구들과 함께 음악을 듣고 바이올린을 연주했는데 그 솜씨는 아마추어 수준을 넘어섰다고 한다. 즉, 그는 자기가 좋아하는 일을 하느라 다른 것에 시간과 마음을 쏟거나 빼앗기지 않았다.

지금 그대는 무엇을 하고 싶은가? 무엇을 좋아하는가?

그것이 축구라면 좀 더 잘하기 위해 술과 담배를 끊어야 하고, 외국 입단도 생각하여 외국어 공부를 해야 한다. 요리라면 우리나라뿐 아니라 각국의 문화와 전통, 역사를 알기 위해 몇 배의 독서를 하며, 역시 외국어 공부도 해야 한다.

선생님이 꿈이라면 자격 취득을 위해 우선 대입시험 준비를 해야 한다. 또한 무식한 지도자가 되지 않기 위해 여러 분야에 대한 지식을 쌓고 악기도 하나둘 다루며 운동도 잘해야 한다. 모델이나 연예인이 되고 싶다면 역시 내적·외적으로 교양을 쌓을뿐더러 공인으로서 흠잡힐 일 없이 자기관리를 잘 해둬야 한다.

모든 것은 그냥 주어지지 않는다. 그것이 값지며 소중하고 귀하며 남들이 부러워하는 것이라면 더욱 그러하다. 반짝반짝 다이아몬드와 금을 캐내기 위해 사람들은 온갖 수고를 한다. 장비를 동원해 땅속 깊이 내려간다. 때로는 목숨을 담보로 한다. 그런데 하물며 인생의 보물을 캐내기 위해 어찌 단번에, 공짜로 주어진, 첫 숟가락에, 심지어는 로또 당첨마냥 입 벌리고 바라보고만 있으려는가!

어느새 그대, 바다 한가운데로 나와 있다.

비바람이 거세게 그대를 내칠 수 있다. 햇살이 부드럽게 반겨 줄 수도 있다. 상어 떼가 빠르게 달려올 수도 있다. 잔잔한 물결 덕분에 편하게 한잠 자면서 항해할 수도 있다.

어느 상황이든 그대는 앞으로 가야 한다. 아직 배에서 내릴 때가 아니다. 이제 마악 바다 한가운데로 들어섰기에! 언젠가는 그 배를 타고 싶어도 오르지 못할 때가 있다.

'지금'

그 배를 탈 수 있다는 것, 그 배의 선장이자 항해사라는 사실은 축복이다. 그 자체로도 그대는 행운아이며, 기적을 만들어 내는 불굴의 청년이다.

가자!

열 번 참았다면 열한 번 참아 보자.

열두 번 울었다면 한 번만 더 울어 보자.

스무 번 실패하였다면 아직 스물한 번째 시도가 남았잖은가!

한 번 더 해보는 것, 한 번 더 참아 보는 것, 한 번만 더 자신과 싸워 보는 것!

그것은 한 번 더 인생 도전을 할 수 있는 출전권을 확보
해 두는 것이리라!

2011년 뜨거운 여름날,

일산 호수공원을 걸어가며 생각하노라.

노경실.

사춘기 맞짱 뜨기

초판 1쇄 발행 | 2011년 7월 20일
초판 8쇄 발행 | 2020년 6월 15일

지은이   노경실
그린이   조성흠

펴낸곳   ㈜바다출판사
발행인   김인호
주소   서울시 마포구 서교동 401-1 5층
전화   322-3885(편집), 322-3575(마케팅부)
팩스   322-3858
E-mail   badabooks@daum.net
홈페이지   www.badabooks.co.kr

ISBN 978-89-5561-612-5(43810)